小学館文庫

白蛇の華燭

ごめんなさい、好きになってしまいました。

桜川ヒロ

JN151868

小学館

目次

プロローグ

うっかり愛してしまったから、八つ裂きにしたかった。


星だけが瞬き、森が鳴く夜。

大蛇はもう呼吸をするだけしか能のなくなった身体《からだ》を横たえさせ、こちらに歩み寄ってくる巫女装束《みこしょうぞく》の女をじっと見つめていた。

女の手には血塗られた一振りの刀があり、彼女が歩を進めるたびに切っ先が地面に擦《こす》れて、ざり、ざり、と嫌な音を立てる。女が着ている白衣は返り血を浴びており、緋袴《ひばかま》も相まって、もう全身が真っ赤だった。

女は大蛇が祀《まつ》られている社《やしろ》の、たった一人の巫女だった。

そして同時に、女は大蛇の伴侶であった。

『死が二人を分かつまで――』

数日前、二人はそう契りを交わした。

互いに、すべてを捨てるつもりでした約束だった。

これまでの生で積み重ねた何もかもを犠牲にして、たった一つしか選べないのならばあなたがいいと、摑《つか》み取った運命だった。

――生涯を捧《ささ》げた愛だった。

なのにいま、大蛇は女に裏切られ、死の淵《ふち》にいる。

憎かった。これ以上ないほどに、大蛇は女が憎くて憎くてたまらなかった。

自分の命が消えてしまうことよりも、心を弄ばれたことが、なによりも悔しくて、恨めしくて、切なかった。

この身体が動くのならば、女の身体に巻き付いて全身の骨を折りたかった。

この牙が折れていなかったら、女の身体に嚙《か》みついて肉を裂いてやりたかった。

この口が開くのならば、女の身体を丸吞《まるの》みにしてやりたかった。

大切だと思った分だけ、愛した分だけ、彼女のことを八つ裂きにしてやりたかった。

でも、もうそれは叶《かな》わない。

だから、残った僅かな命を削って、代わりに呪詛《じゅそ》を吐いた。

『私は決してお前を許しはせぬ。お前が何度生まれ変わろうとも、その魂を探し出し、必ず八つ裂きにしてくれる！』

怨念と共に口から血液があふれ、身体から力が抜ける。

死を目の前にした身体は、もう呼吸をするのも億劫《おっくう》で、心臓が動いていることにも煩わしさを感じた。

――あぁ、身体が重い。

女が大蛇の前で膝をつく。そうして、刀を振り上げた。

巨大な白蛇が最期に見たのは、大粒の涙で頬を濡《ぬ》らす、かつて愛した女性の姿だった。

第一章

——辛《つら》いことを耐えるのには、息を止めるのが一番だ。

「どうせ、アンタが盗んだんでしょう！」

言葉とともに投げつけられたのは、花瓶だった。額にガツンとした衝撃を受けて、中に入っていた水と椿《つばき》を頭からかぶる。硝子《ガラス》でできた花瓶が割れなかったことが唯一の救いで、少女は痛みを堪えつつ畳に額をこすりつけた。

「すみません。私はなにも知りません」

「それじゃ、どこにいったっていうのよ！　私はちゃんと箱の中に入れておいたのよ!?」

「申し訳ございません。わかりません」

「わかりませんじゃないのよ！」

女はまたそばにあった本をこちらに投げてきた。それが再び下げた頭に当たり、バシッと音を立てる。

少女の前で怒鳴り散らしている女性の名は、寺脇澄子《てらわきすみこ》。年齢は少女より少し上の十八歳。澄子はこのあたりの土地を管理している地主の娘で、――少女の主人だった。

未《いま》だ寝間着姿の澄子は、まるで嵐でも通り過ぎたかのような荒れ果てた自室の中心で、平伏する少女を睨《にら》みつけている。

「私のブローチを一体どこにやったのよ!?」

再び上がった感情的な声をつむじで聞きながら、少女は閉じている瞼《まぶた》にぎゅっと力を込めた。

（あぁ、今日はついていない……）

澄子の機嫌が悪いのはいつものことだ。けれど、今朝は朝餉《あさげ》を食べる前からこの調子である。もしかすると、今日はいつもよりずっとお叱りが多いかもしれない。

少女は頭を下げたままそっと嘆息した。そして、唇を引き結び、息を止める。そうしていると、段々と澄子の声が遠くなって、向けられる言葉の刃が錆《さ》びついていく。

辛いことを耐えるときはこうして頭をぼかし、心を殺すのが一番だ。ぼけている頭は言われた言葉を理解できないし、死んだ心は痛みを感じることがない。そうして深海に潜む貝のように小さくなりながら、澄子の怒りが静まるのをじっと待つのだ。

それが少女に許された、たった一つの心を守る術《すべ》だった。

「ちょっと、話聞いてるの!?」

しかし、今日はそれも効かなかった。

いきなり衝撃が走ったかと思うと、身体が後ろに仰《の》け反ったのだ。

肩を蹴られたということに気がついたのは一拍遅れてから。少女は与えられた痛みに驚き、思いっきり息を吸ってしまう。すると、ぼけていた頭が鮮明になり、心が悲鳴を上げた。

「――っ！」

「今日という今日は――」

「なにをしているのですか、澄子さん」

澄子が手を振り上げたと同時に、凛とした声が少女の背後から聞こえた。その声に澄子はぴたりと動きを止め、少女に振り上げていた手を下ろす。

「朝っぱらから騒々しい。いったいなにがあったのですか？」

「お母様！」

少女の背後に立っていたのは、澄子の母親である千代《ちよ》だった。

澄子は待っていましたというように明るい声をあげ、母親に駆け寄る。

「聞いてお母様！　アイツが私のブローチを盗んだのよ！」

「わ、私は――！」

とっさに反論しようとしたが、澄子の視線に気圧《けお》されて少女は口を噤《つぐ》んだ。

千代はそんな少女を一瞥《いちべつ》したあと、再び娘に視線を戻す。

「ブローチって、あの真珠がついた襟留のこと？」

「そう！　徹《とおる》さんが私のために持ってきてくれたやつよ！」

「持ってきてくれたって、贈ってもらったわけじゃないでしょう？」

「それはそうだけど！　それでもいいの！」

徹というのは、この村に通っている行商人だ。彼は二週間に一度、車にたくさんの荷物を載せて寺脇家にやってくる。

行商人といっても、彼が顧客としているのはある一定の線を超えた富裕層で、彼が取り扱っている商品も生活必需品のようなものではなく、宝石や貴金属類といった高価なものや、欧米から直接取り寄せたパラソルやショールなどといった装いを整えるものが多い。都で流行《はや》っている美顔水や白粉《おしろい》、香水なども徹は取り扱っているらしく、彼が来るたび澄子は山のようにそれらを買い込んでいた。そして、田舎の村ではあまりお目にかかれないような小洒落《こじゃれ》た雰囲気を纏《まと》う彼のことを、どうやら澄子は好いているようだった。

「今日は徹さんが来てくれる日なのに！　あれがなくっちゃ私、恥をかいてしまうわ！　お母様、アイツをまた鞭《む》打《ち》ちにして！　そうしたらどこにやったか吐くかもしれないわ！」

「鞭――!?　どうか、それだけは！」

少女は息をのみ、ひれ伏した。身体が小刻みに震える。前に馬用の鞭で打たれたときは背中の皮がめくれて、しばらく着物を着るたびに悲鳴を上げていた。仰向《あおむ》けにも眠れなかったし、傷ついた部位が化膿《かのう》して熱が出たときは、もうこのまま死んでしまうかとも思ったほどだ。

もうあんな思いは二度としたくない。

これでもかと萎縮している少女を見てどう思ったのか、千代が息を吐き、懐に手を入れた。そうして何かを取り出す。

「貴女《あなた》の探している襟留はこれでしょう？　私の部屋にありましたよ」

「うそ！」

澄子はひっくり返った声を出して、母親の手からブローチをひったくる。そして、花葉模様のそれをまじまじと確認した後、抱きしめた。

「貴女昨日、徹さんに会うからと私のバッグを借りに来たでしょう？　そのときに忘れていったのよ」

「あ、そう言えば！　このブローチに合うバッグを探して――」

「本当にもう、そそっかしいんだから」

呆《あき》れたように千代がそう言い、澄子は少しばつが悪そうな顔で唇をとがらせた。

そのまま、母と子の和やかな談笑が始まり、少女はそっと息を吐く。

（助かった）

あのままだと本当に鞭で打たれていたかもしれない。

（それどころか一昨日《おととい》のように折檻部屋《せっかんべや》に閉じ込められてしまっていたかも……）

折檻部屋として使われている北の倉は、完全に締め切ると全く光が入ってこないのだ。その上、当然食事が運ばれてくることもない。

折檻部屋に閉じ込められているときは、痛いことはなにもないが、その代わり時間感覚を失うような暗闇と、飢えが待っている。

何事もなかったことに少女が安堵《あんど》の息をついていると、澄子の鋭い声が耳を刺した。

「いつまでそうしているつもり？　早く花瓶を片付けなさい」

「は、はい！　すみません！」

「まったく。アンタは愚図《ぐず》なんだから。本物のボロの方がまだ役に立つわよ」

澄子の乱暴な言葉に、少女は「すみません」と何度も謝りながら、散らばった花を片付けた。畳に散った水も雑巾で拭き取り、花瓶にヒビが入っていないかどうかも確かめる。

そうして次に、散乱している部屋のものに手を伸ばそうとしたときだった。

「部屋の方は片付けなくていいわ」

「え。でも――」

「汚れている手で私のものに触らないでって言ってるの！」

直後、しっとりと濡れた後れ髪が頬につき、少女は慌てて手を引っ込めた。

確かに、このまま触れては部屋の物が濡れてしまうかもしれない。

「すみません！」

「もういいわ！　そのままうろつかれても迷惑だから出て行きなさい」

「……はい」

「それと、今日は一日屋敷の方には近寄らないで。徹さんにアンタのみすぼらしい姿を見せたくないの」

澄子は少女を部屋から追い出すと、拒絶をするかのように勢いよく障子戸を閉める。

「まったく、ボロがいると部屋が臭くて仕方がないわ」

少女が廊下で聞いたのは、澄子のそんな嘲笑だった。


——ボロ。

それが、少女の村での呼び名だった。

少女が両親に捨てられたのは、十年前。

旅芸人だった少女の両親は路銀を稼ぐためにこの村を訪れ、そして幼い彼女をたった一人残して去ってしまったらしい。らしい……というのは、少女が当時の記憶をまったく持っておらず、両親が少女を捨てた経緯も村人から聞いて知ったからだった。

おそらく、両親に捨てられたショックで記憶を失ってしまったのだろう。

村人たちはそう言っていたし、少女もそう思っていた。

少女が持っている一番古い記憶は、今でも住んでいる寺脇家の納屋で、両親が置いていったという風呂敷に包まれた荷物を見つめているときのものだ。

その瞬間より前のことは自身の名前でさえも全く思い出せないのに、荷物を見つめている少女の瞳からは大粒の涙がこぼれていた。

それから少女は、この村の地主である寺脇家に世話になりながら生活をしている。


「それにしても、今日は寒いわね」

寺脇家の敷地から追い払われた少女は、村はずれにある松の下で手に息を吹きかけつつ、そうこぼした。

二月になり、一時よりは寒さも収まったとはいえ、やはりまだ冷える。空を覆うのは今にも雪を降らしそうな灰色の雲だし、吐く息は白い。屋敷に近寄るなと言われたので寝泊まりしている寺脇家の納屋にも帰れず、少女は身を震わせた。

（濡れた着物だけでも着替えることができればいいのだけれど……）

屋敷を出るときに寺脇家の使用人から手ぬぐいを貸してもらえたので、先ほどよりはまだましだが、それでも濡れた身体に冬の風は厳しい。着替えることができなくても、せめて早く屋根のある場所に入りたかった。

少女は民家に視線を滑らせる。

「佐々木《さ さ き》のおばさんちは、もう無理よね。岡田《おかだ》さんの家には……赤ちゃんがいるから迷惑はかけられないし」

少女は村の人に頼ることはできなかった。地主である寺脇家が、なぜか少女と村人が交流するのをよしとしないのだ。

このあたり一帯の土地は農地も宅地も寺脇家のものであり、村人はかの家に逆らうことはできない。それでもごくたまに農作物のお裾分けをしてくれたり、着なくなった着物を譲ってくれたりする人もいるのだが、寺脇家に見つかると、小作料を引き上げられたり、土地を貸してもらえなくなったりするのだ。

（まぁ。そもそも、私は村の人から嫌われているのだけれど……）

話しかけたら答えてくれる人は片手で数えられるほどで、それ以外の村人からは少女は無視をされていた。用事があるときには話しかけてくることもあるが、基本的には居ないものとして扱われている。友人も、頼る大人も、この村にはいない。村の行事にだって、少女はかかわったことがなかった。

「しょうがないから、今日はあそこへ行きましょうか」

そう言って少女が向かったのは、村のはずれにある森だった。

少女は獣道の方がましかもしれないというほどに荒れた道を登り、草木をかき分け、今にも崩れそうな石でできた階段を上る。

そうしてようやく、目的地にたどり着いた。

最初に少女を出迎えたのは、石でできた大きな鳥居だった。未だしっかりと大地に立っているそれの奥には、朽ちかけた社がある。大きさは村にある民家と同じぐらいだが、柱も壁もどこもかしこも腐っているので、ずいぶんと頼りなく見えた。

少女は御社殿に続く木でできた階段を慎重に上がり、もう何も入っていない賽銭箱《さいせんばこ》をよけて、奥の引き戸を開ける。

「しばらく来ていない間に、床がまた抜けてる」

少女はがらんとした社の床に空いた穴を見ながら、そう独りごちた。

少女がこの場所を知ったのは、村に住み始めてから一年ほどが経《た》ったある日のことだ。

『ねぇ、クワの実を採ってきてくれない？』

少女は、当時九歳の澄子に突然そう命令された。聞けば、以前使用人の男性が山で採ってきたクワの実がずいぶんと美味《おい》しかったらしく、また食べたいから採ってきてほしいということだった。

大人たちからは子供だけで森に入ってはいけないと言われていたけれど、その頃から澄子との上下関係は明確で、少女は彼女のお願いという名の命令を、当然断れなかった。

『見つけるまで、帰って来ちゃだめだからね』

澄子からそんな言葉で送り出され、少女は森に入った。

そして案の定、迷ってしまったのである。

少女は、当てもなく森をさまよった。もしかしたらもう村に帰れないかもしれないという不安が胸の中を占拠していたけれど、その頃には泣いても誰も助けてくれないということはわかっていたので、少女はとにかく足を動かした。

そうして、空に星が瞬き始めた頃、この社を見つけたのだ。

少女は御社殿の中に入り、身を縮めて夜を明かした。御社殿の中にいるときは、不思議となぜか守られているような気分になり、社の外からは獣の声が聞こえているのに、彼女は寝泊まりしている納屋よりも安心して眠りにつくことができたのだった。

そうして翌日、少女は無事、村に帰れたのである。

これは山を下りているときに気がついたことだが、少女が夜を明かした社と村はあまり離れていなかった。昨晩は暗かったこともあり、きっと方向感覚がおかしくなっていたのだろう。

以来、少女にとってこの社はお気に入りの場所になっていた。

一人で泣きたくなったとき。おなかがすいて眠れないとき。さみしさに押しつぶされそうなとき。少女は決まってここに来て、安らぎを得ていた。

(どうして安心するのかはわからないけれど……)

もしかすると、ここに祀られていた神様が自分のことを守ってくれているのかもしれない。少女はそう考えていた。

(そういえば、三日後に村の社でお祭りがあるのよね)

少女は村のある方角を見る。

村にはここことは別にもう一つ社があり、一年に一回、この時期に祭りが催されていた。今回は六十年に一度行う特別なお祭りらしく、みんなどこかしら気合いが入っているように見えた。

(まあ、参加させてもらえない私には、なにも関係がないことなのだけれどね)

それどころか、社に祀られている神様のことを、村の人は少女に教えたがらなかった。

そのとき、おなかがくぅっと小さな音を立てる。

思い返してみれば、今朝から何も食べていなかった。

「あ。そういえば、そろそろできている頃合いよね」

少女ははっと顔を跳ね上げ、少しだけ明るい声を出した。

そして、駆け足ぎみに社の裏手に回る。

「よかった。ちゃんと美味しそうにできてる。カビも生えてないみたい」

そこには数十個の干し柿が軒下に吊《つ》るされていた。

まだ干して一ヶ月ほどなので橙色《だいだい》だが、表面には白い粉が浮き始めている。

少女は吊ってある実の中から二つほど選び取ると、柔らかい笑みを浮かべた。

「本当はいざってときのためのものだけれど、今日はいいわよね」

少女は寺脇家で働いているけれど、使用人ではない。なので当然、お給金なんてものは出ない。だから、少女が食べていくにはおこぼれに与《あずか》るしかなかった。

釜の表面についたわずかな白米と、鍋の底に残った味噌汁《みそしる》。たくあんの切れ端や、出汁《だし》を取った後の魚のアラ。野菜のくずをもらうことができた日には納屋で汁をつくることもある。少女はそうやって飢えをしのいでいた。

だから今日のように屋敷へ近寄るなと言われた日は、食事を抜かざるを得なくなってしまう。

この干し柿は、そういったときのために備えていたものだった。

（一度に二つも食べるだなんて贅沢《ぜいたく》だけど……）

こんな日ぐらいはいいだろう。今日は朝から大変だったのだ。おなかも空《す》いている。

少女は干し柿を両手で大事そうに包み、御社殿の中で食べようと社の表に回る。

そうして、目の前の光景に固まった。

(だ、誰?)

社を見上げるようにして、一人の見慣れぬ青年が立っていた。けれど、それだけならここまで驚きはしない。少女が衝撃を受けたのは、青年が奇抜な容姿をしていたからだった。

(白銀の、髪――?)

じっと社を見上げている青年の髪は、まるでまだ踏みしめられていない雪を思わせるような白銀だった。年齢を重ねた白髪とはまた違うその色に、少女の目は釘付《くぎづ》けになってしまう。

襟巻きに着流し姿の彼は、集中しているのか少女の存在にまったく気づかない。

(村の人ではない……わよね)

村の中にこんな目立つ容姿の人がいれば覚えていないわけがない。

それに、青年はなんだか立っているだけで品がいい。言い方はあまりよくないが、自分たちのような身分の人間には出せない高貴さが彼にはある気がする。もしかすると、彼はどこか名家の人間なのかもしれないし、あるいは、華族の人なのかもしれない。

少女がそんなふうに思っていたときだった。

青年の瞳から零《こぼ》れるものがあった。それは彼の頬を伝い、地面で跳ねる。

「涙？」

思わずそう呟《つぶや》いた瞬間、青年の顔がこちらを向いた。先ほどまでは横顔だったのでよく見えなかったが、こちらを見る彼の目は透き通るような水色である。静かな湖面を思わせるような彼の瞳に自分の姿が映っているのを見て、少女はなぜだか息をのんだ。妙に心が落ち着かなくなり、足は自然と彼から距離を取ってしまう。

（なんで――）

「村の子か」

青年は少女を認めたあと、感情の薄い声でそう言って、頬に伝う涙を指先で拭う。

そうして、踵《きびす》を返した。

「邪魔をして悪かった。いま帰る」

「あ、あの！」

呼び止めてしまったのは、無意識だった。

少女の声に、青年は立ち去ろうとしていた足を止めて振り返る。

再び水色の瞳が自分を映し、少女は慌てて視線を外した。

「えっと……」

少女はそのまま言葉を探し、言葉よりも先に手元にあった干し柿を見つけた。

「た、食べますか？」

干し柿を差し出しつつそう言えば、青年はわずかに目を見開いた。


（な、なんでこんなことに……）

それから数分後、少女は青年と並んで御社殿の階段に座り、干し柿を食べていた。

舌は確かに甘みを感じているのに、この異常な状況にちっとも味がわからない。

そっと隣を盗み見ると、青年は黙々と干し柿を口に運んでいた。

（なんで、泣いていたんだろう）

先ほどまで泣いていたにもかかわらず、青年の顔からは感情が一切読み取れない。

悲しみも、怒りも。ましてや、喜びなんてものも、なにひとつ感じられない。

もしかして自分の見間違いだったのだろうかと少女は自身の記憶を疑ったが、彼は確かに涙を拭いていたし、あんな衝撃的な光景を見間違えるはずがなかった。

少女は、青年の瞳から涙が零れる様子を思い出して視線を下げる。

（もしかして、なにか悲しいことでも――）

「これは、君が作ったのか？」

考え事をしている最中にそう青年から話しかけられ、少女は「へ？」と呆《ほう》けた声を出してしまう。聞かれた内容が一瞬理解できなくて固まっていると、青年はもう一度「これは君が？」と質問をしてくれた。

「あ、はい！　この社の裏に柿の木があるんです。渋柿なのでそのままじゃ食べられないから……って、もしかして、お口に合いませんでしたか？」

「いや、そんなことはない。懐かしい味だなと思っただけだ」

「懐かしい？」

「美味しかった」

青年のまっすぐな言葉に、少女は頬が熱くなるのを感じる。

ただ皮をむいて干しただけのものだが、自分が作ったものを誰かに褒めてもらうというのは初めての経験だった。寺脇家でも料理を作っているが、彼らが『美味しい』なんて言っているのを少女は聞いたことがない。

少女は赤い頬を隠すように青年から視線を外し、顔にかかる後れ髪を耳にかけた。

「それならよかったです。やっぱり悲しかったり辛かったりするときは、甘いものを食べるといいですから」

「悲しい？」

「あ。……いえ！　あの、その」

変に踏み込んでしまったと気がついたのは、言葉を発してから。

少女は視線をさまよわせ、なんとか言い訳らしいことを見つけようとしたのだが、結局それは見つからずに、観念したように口を開いた。

「先ほど、泣いているように見えたので。その、なにかあったのかな、と……」

「それで、干し柿を食べろと言ったのか？」

「あ、いえ！　その……すみません」

項垂《うなだ》れるようにして少女が謝ると、青年がふっと笑む気配がした。

「ありがとう」

少女はそのとき初めて、青年の表情に感情が灯《とも》るのを見た。

「あ、いえ、お礼を言われることはなにも！」

「ということは、もしかして君も、なにか辛いことがあって干し柿を食べようとしていたのか？」

「え？　そ、そういうわけじゃ――」

「その怪我《けが》も、誰かに負わされたのか？」

青年の視線が額に注がれて、少女は慌てて手で覆い隠す。

きっと、今朝花瓶が当たった箇所に傷でもできているのだろう。

そう思い至ると同時に、手のひらの下が今更じくじくと痛みだした。

「もしかして、青く、なっていますか？」

「いや、腫れているだけだ」

「それなら、よかった」

少女はほっとしたように身体の力を抜いた。

というのも、顔や腕といった見える場所に痣《あざ》や傷がある状態で屋敷に赴くと、澄子に「そんな醜い姿で私の前に出ないでちょうだい」と屋敷から追い出されてしまうのだ。

二日連続で食事を抜かなければならなくなった自分を想像して、少女は少し憂鬱な気分になってしまう。

少女の表情の変化をどう取ったのか、青年の声色は少しだけ低くなった。

「もしかして、本当に何かされているのか？」

「あ、いえ！　大丈夫です！」

「本当に？」

「はい。皆さんには、よくしてもらっていますから……」

どこか自分に言い聞かせるように少女は呟いた。

「私は、幸せ、です」

世の中には自分のように捨てられた子がたくさんいて、その中には道端で野垂れ死ぬような子もいる。それに比べれば、隙間風や雨漏りはあるが住むところがあり、おなかいっぱいにはならないが、生きていくだけの食事が確保できるというのは幸せなことだろう。

きっと、幸せなことだろう。

「そうか」

「でも、たまに――」

「ん？」

「たまに、私はなんのために生まれてきたんだろうって、思うこともあります」

両親からは捨てられ、寺脇家の面々には人として扱われず、村人からは無視をされ。

誰も大切にしないこんな命など、どうして存在しているのだろうと思ってしまう。

（せめて――）

せめて、人生に一度ぐらいは誰かに必要とされたい。

生まれてきたことを祝福してもらいたい。

貴女が必要だと求めてもらいたい。

（でもそれは、きっと叶わない）

知っている。もう十分、知っている。

何年も苦しんで、何度も絶望して、何回も裏切られ続けたから、もう理解している。

これからも自分は誰かに求められることはない。思いを共有して、一緒に笑って、同じ景色を眺めて「綺麗《きれい》だね」と笑い合うことはない。

これからも少女の人生は誰とも交わらない。誰からも相手にされない。

しんと静まりかえった場の空気に少女は慌てたように顔を上げ、意識して明るい声を出した。

「す、すみません！　なんかこんな暗いことを言っ——」

「大丈夫だ」

「え？」

「大丈夫だ。君はこれからうんと幸せになる」

それは、なんの確証もないただの気休めだった。

現実を知らない、甘いだけの、無責任な言葉。

けれど、そんな根拠のない慰めに、少女はちょっと涙が出そうになってしまった。

だって、嬉《うれ》しかったのだ。誰かが自分の未来を信じてくれたことが。自分でさえも見えない光を、見てくれたことが。

「そう、だと。嬉しいです」

少女の上向いた声に、青年の口角が再び上がる。

そうして一拍の後、青年は立ち上がった。

少女も慌てて立ち上がり、階段を降りる彼の背中に声をかける。

「もう帰るんですか？」

「ああ、用事のついでに寄っただけだからな。人も待たせてある」

「そう、なんですね」

人を待たせているのに、呼び止めてしまうなんて申し訳ないことをしてしまった。しかも、励ますつもりが励まされて、なんだかいろいろな意味で恥ずかしい。

「ちょ、ちょっと待っていてください！」

少女は思いついたままそう言って、再び社の裏手に回る。そうして干し柿を四つほどもぎ取ると、青年の下へ走った。

「もしよかったら、その方と食べてください！」

そう言って干し柿を差し出すと、青年はわずかに驚いたような表情になる。

「いいのか？」

「いいんです。私のせいでその方にも迷惑をかけてしまいましたし！　それに、あの、今日はすごく楽しかったので！」

「俺は、ただ君と話しただけだぞ？」

「はい。それでも、とても楽しかったです」

そこまで告げてようやく、彼がここを立ち去ってしまうのだという実感がわいてきた。同時に寂しさがこみ上げてきて、わずかに呼吸が浅くなる。

名前も知らない、たった一時間話しただけの人間に対してここまで離れがたくなる感情がわくなんて、自分でもなんて人に飢えているのだろうと思う。

(でも、仕方がないじゃない)

本当にそれだけ少女は渇望しているのだから。

優しい言葉に。向けられる笑顔に。

自然と視線が下を向いたそのときだった。ふわりと首元に何か温かいものが触れた。

「え?」

「まだここにいるんだろう? 持っていくと良い」

青年が少女の首に巻いたのは、先ほどまで彼がしていた襟巻きだった。

彼の体温が残っているのだろう、深い青色のそれはほんのりと温かい。

「待ってください! こんな高価なもの!」

「干し柿の礼だ。それに言うほど高くない」

嘘《うそ》だ。だってこんなに肌触りが良い生地、少女は触ったことがない。

「いけません! こんなもの、私にはもらう理由がありません!」

「干し柿の礼だと言っただろう?」

「でも――!」

去って行こうとする青年の背中を少女が追いかけようとしたそのときだった。

少女のつま先が木の根に引っかかり、身体が傾《かし》いだ。

倒れる！　と思ったときには身体が重力を失っていて、少女は衝撃に耐えるように
堅く目を瞑《つぶ》る。

「あっ」

しかし、少女にやってきたのは身体を地面に打ち付ける衝撃ではなかった。いうなれば、なにか柔らかくて温かいものに包まれる感覚。

少女が恐る恐る目を開けると、そこには地面ではなく、柔らかい絹の布地があった。

その布地の色が先ほど青年が着ていたものとまったく同じものだと気がついて、少女の身は先ほどとは別の意味で固くなる。

「大丈夫か？」

そう頭上で青年の声がして、少女は確信した。彼に抱きしめられている、と。

きっと躓《つまず》いた少女の身体を青年が抱き留めてくれたのだろう。

あまりの申し訳なさに、少女は慌てて顔を上げる。すると、こちらを見下ろす水色の目と視線が絡んだ。

その瞬間――

「――っ！」

心臓が大きく高鳴り、全身に電気が走った。同時に身体が強《こわ》ばり、呼吸が止まる。指先がピリピリとしびれ始めたかと思うと、なぜか額には冷や汗が浮かんだ。

（なに、これ……）

少女は自分の身に何が起こったのかわからなかった。ただただ、どうしようもないほどに懐かしい感覚があって、それが少女の瞳から涙を一筋滑らせる。

「お前は……」

再び青年を見上げれば、彼の表情も驚愕《きようがく》で固まっていた。眉間に入っている一本の皺《しわ》に困惑が見え隠れしている。

そんな青年の顔をどうしてかこれ以上見ていられなくて、少女は手を突っぱるようにして、彼から身体を離した。

「ありがとうございます。あ、あの、私、わたし……。すみません！」

「おい！」

気がつけば、少女はその場から逃げ出してしまっていた。

石の階段を慌てて駆け下り、草木を突っ切って、荒れた道を何度も躓きつつ走る。

そうしていつの間にか、少女は村まで帰ってきてしまっていた。

少女は必死に動かしていた足の速度を緩め、息を整える。

「なんで、私……」

逃げてきてしまったのだろう。あんなに離れがたかったのに。

変な別れ方をして、青年だってきっと驚いているに違いない。

そこまで考えたところで、少女は自分の首にかかったままになっているものの存在に気がついた。

「あ、襟巻き!」

少女は襟巻きを握りしめた。青年はもう帰ると言っていたが、いま引き返せばきっと間に合うだろう。こんな高価なもの、やっぱりもらえない。

少女が来た道を引き返そうと踵を返したそのとき、突然背後で男性の声がした。

「ボロ!」

自分を呼ぶ声に振り返ると同時に、手首を摑まれる。

彼女を止めたのは一人の青年だった。

先ほど社で見た白銀の髪を持つ青年とは違う。

少女は彼の名前を知っていた。

「徹……さん?」

「よかった。今日は会えないのかと思った。澄子さんにボロの居場所を聞いても知らないって言われるばかりでさ」

ノリのよくきいた三《み》つ揃《ぞろ》えのスーツを着ている彼は、頬をほんのりと桃色に染めてそう言った。

（どうしよう……！）

そう思ってしまったのは、森に行く前に言われた澄子の言葉を思い出したからだ。

『それと、今日は一日屋敷の方には近寄らないで。徹さんにアンタのみすぼらしい姿を見せたくないの』

（言いつけを破ってしまった！）

正確には、少女は言いつけを破ったわけではない。屋敷の方には近寄っていないし、徹の方が村の端まで来てしまっただけだ。けれども、澄子は『少女の姿を徹に見せたくない』と言ったのだ。だから、少女が約束を守ってようが守っていまいが、関係ない。こんなところを見られたら、澄子に怒られてしまう。

少女は怖々と首を巡らせて周りを確認した。

そして、恐れていた人物を見つけて固まってしまう。

「実は、君に話したかったことがあるんだ。——って、ボロ？　聞いている？」

徹の声が遠くに聞こえる。

少女の視線の先にいたのは、木の陰からこちらを見守る澄子の姿だった。

「澄子様！　ここから出してください！　お願いですから！　もう言いつけを破った

りしませんから！」

少女は叫ぶようにそう懇願しながら北の倉の扉を内側から叩《たた》いた。

あれからすぐに少女は徹と引き離され、引きずられるように北の倉に押し込まれた。

もうずいぶんと前から使われていない北の倉は、掃除をしていないので不衛生だ。蜘蛛《くも》の巣が部屋の隅だけでなく中心あたりにまで張っているし、ムカデが這《は》う音やネズミの足音がそこら中から聞こえる。それだけでなく倉自体が広いので、締め切られているにもかかわらず寒さが身にしみた。羽織るものなどは当然持っていないので、このまま寝ると凍死してしまう危険性があり、数日前にここに入れられたときには少女は倉から出されるまで一睡もできなかった。

（あんなに怒った澄子様、久しぶりに見たわ）

もしかすると今日はいつもよりも長くここに閉じ込められるかもしれない。

そう考えて身体が震える。

（今度こそ死んでしまうかもしれない……）

扉を叩く手がヒリヒリと痛い。痛む箇所に触れれば、どろりとした液体の存在を感じた。暗くてよく見えないが、きっと扉を叩きすぎて手から血でも出たのだろう。

少女は痛みをこらえながら、もう扉の外にいないかもしれない澄子に必死に訴えた。

「もう徹さんには決して会いません！　来られたときには納屋に籠もって一切外に出

ませんから！　約束しますから！　お願い、ですから……」

　返ってこない言葉に少女は扉にへばりつきながら、ゆっくりとしゃがみ込んだ。

　そのまま、十数秒。

『アンタ、うざいのよ』

　ようやく返ってきた声に少女は顔を跳ね上げる。

『いつも、いつも、いつも、私の邪魔ばかりして！』

「私は――」

『ちょっと見てくれがいいからって、調子に乗らないでよ！　アンタなんか、アンタなんか――』

　そこで澄子の言葉が途切れる。少女は嫌な予感がした。

　だって澄子が自分に対する罵倒を飲み込むなんてことはあり得ないし、彼女が飲んでしまった言葉の先になんだか不穏な気配がしたからだ。

　その後に聞こえた澄子の声には、どこか吹っ切れたような響きがあった。

『ふふふ……』

「澄子様？」

『お父様から絶対に言うなって言われていたけれど、もういいわよね。どうせアンタはもう逃げられないのだし』

澄子の声に先ほどとはまた別の重い感情が乗ったような気がした。

『アンタにいいことを教えてあげる！』

「いいこと？」

『アンタの生きている意味よ』

その言葉にドキリとした。

昼間、銀髪の青年に吐いた弱音が脳裏にまざまざと蘇《よみがえ》る。

『どうしてうちがアンタのような穀潰《ごくつぶ》しなんかを生かしておいたと思う？　どうして村人がアンタを腫れ物のように扱うのだと思う？』

これまで見ないようにしていた疑問に、澄子がそう焦点を当てた。

『アンタは生《い》け贄《にえ》だからよ！　六十年に一度の蛇神様への生け贄！　アンタはそのためだけに生かされていたの！』

「かみ、さま……？」

『でも、もうそれもおしまい。アンタは三日後の祭りの日に死ぬのよ！』

◆◇◆

少女が去ってしまったあと、青年はしばらく社の前で佇《たたず》んでいた。

そこで何かをしていたわけじゃない。

ただ、驚きで動けなくなってしまっていたのだ。

(だって、こんな――)

本当にこんなことがあっていいのだろうか。

青年は自分の身に起こったことが信じられなかった。少女と視線が絡んだときに感じた雷が落ちたような衝撃。それはきっと、心臓のもっと奥にある魂が震えた感覚だった。

ようやく身体が動くようになったのは、それから三十分後。石造りの今にも崩れそうな階段を降りて、青年は少女を探したが、そこには誰もいなかった。

青年は山道の脇に停《と》まっている車に乗り込む。隣には焦げ茶色の髪を持つ同じぐらいの年齢の青年がぐったりとハンドルに寄りかかっていた。

ドアの閉まる衝撃で帰ってきたことに気がついたのだろう。青年はハンドルから顔を起こし、こちらに人好きのする笑みを向けた。

「白夜《びゃくや》、どうだった？　例の社に行ってみた気分は。懐かしかったりとかした？」

「……達久《たつひさ》」

「ん？」

白夜は、少女からもらった干し柿を達久に手渡す。

「なにこれ？　干し柿？」

「少し調べてもらいたいことがある」

白夜の低い声に達久は干し柿をかじりながら「調べ物？」と首をかしげた。

◆　◇　◆

「お前が逃げれば、岡田の家の生まれたばかりの子が谷底に落ちるだけだ」

倉に閉じ込められて三日後。雨漏りの皿に残ったわずかな水だけでなんとか生き延びた少女は、倉から出されるやいなや寺脇家の当主——寺脇一臣《かずおみ》にそう告げられた。

澄子の言っていたことは本当だった。

この村では六十年に一度、蛇神に生け贄を捧げる習わしがあるらしい。これはもう誰も知らないぐらい遥《はる》か前から続いている因習で、かつて一度だけ生け贄を出さなかった年があったが、その年の夏は蛇神のたたりによりまったく雨が降らず、農作物がすべてだめになってしまったのだという。それだけでなく、疫病でその年に生まれた赤子全員と村人の三分の一が亡くなってしまうという悲劇までも起こった。

以来、寺脇家が中心となり、村の人たちは六十年に一度、必ず生け贄を捧げてきた。

そして、捨てられた少女を生かしておいたのは、この儀式のためだったというのだ。

(つまり私は、殺されるために生かされていたのね)

少女は、初めて纏った上等な着物の中で、そう数時間前のことを思い出していた。

視線の先には儀式の準備をする村人たちがいる。

少女がいるのは崖の上だった。そこは彼女が通っていた朽ちた社のある森の奥。むき出しの岩がせり出しているその場所からは、月のない夜空がよく見えた。眼下には鋭い岩場と、どこまでも広がる木々の海が続いている。

昔から生け贄は、白無垢《しろむく》でここから飛び降りるのが習わしになっているらしい。

(白無垢に憧れたことはあるけれど、まさか死に装束になるとは思わなかったわね)

道を作るように左右に並んだ篝火《かがりび》を見ながら、少女はどこか冷めたようにそう思う。

少女はもう命を諦めていた。

だって、少女がここから逃げ出せば、生まれたばかりの赤子が少女の代わりに殺されてしまうのだ。そんな二者択一を迫られて自分を選ぶほど、少女は自分の命に価値を見いだしてはいない。

そうこうしているうちに儀式の準備が終わったのだろう。ぞろぞろと残りの村人が集まり出す。その中には少女に古くなった着物をくれた人や、採れた野菜をお裾分けしてくれた人もいた。

（みんな、知っていたんだな）

少女は彼らの顔を見ながらそう思う。

だから大半の村人は情がわかないように少女を無視していた。

だから一部の村人は少女のことを哀れに思い施しを与えていた。

考えてみれば、自分にだけ村の神様のことを教えたがらないのもおかしな話だった。

少女は無視をされていることの延長線というように考えていたが、彼らは真実を知った少女が逃げ出すことを恐れていたのだろう。

だって少女が逃げてしまったら、彼らの中から生け贄を選ばないといけなくなる。

集まった村人はそれぞれ一人一人がろうそくを持ち、少女を囲うようにして立つ。

シャン――シャン――シャン、シャンシャンシャンシャンシャン……

そうして鈴が鳴り響き、儀式が始まった。

少女は大きく深呼吸したあと、座っていた椅子から立ち上がる。

すると、村人の一人が彼女の隣に用意されていた和太鼓を叩き、場にどおぉぉぉぉんっ――と、腹の底に響くような音が木霊した。そうして音の余韻が消えるのと同時に、少女の少し前にいる宮司が朗々と祝詞《のりと》をあげ始める。

少女はうつむいたまま崖の先端に向かって一歩踏み出した。

シャン――シャン――シャン――

少女が足を踏み出すたびに鈴が鳴らされる。

それが宮司のあげる祝詞と重なって、場が妙に神聖な雰囲気になっていく。

（崖から落ちたら痛いんだろうな）

死を目の前にしているのに、少女の心は妙に凪《な》いでいた。

死ぬことが怖くないわけではない。けれど、生きることへの諦めと、この地獄のような生活から解放される安堵があるのも確かだった。

少なくとも死ねば馬用の鞭で叩かれるようなことはなくなるし、北の倉に閉じ込められることもない。焼けた火箸を腕に押しつけられることも、殴られることも、笑われることも、無視をされることもない。

（もしかすると、私はもう思い残すことはないのかもしれないな）

絶望の底にたどり着いた少女が、そんな考えにまで至ったときだった。

ふと、三日前に出会った銀髪の青年が頭をよぎった。

（あぁ。そういえば、襟巻き返せなかったな……）

北の倉で少女を寒さから守ってくれた襟巻きは、もう彼に返すのがはばかられるほど汚れてしまっていた。

この世に唯一心残りがあるとすれば、それを彼に返せないことだけかもしれない。

名前も知らないけれど、一時間ほどしか時間をともにしていないけれど、変な別れ方をしてしまったけれど……

（もう一度、会いたかったなぁ）

そんな想《おも》いが凍り付いた少女の心を少しだけ溶かした。

動き出した心は、連鎖するように青年の声を蘇らせる。

『大丈夫だ。君はこれからうんと幸せになる』

「幸せ、か」

やっぱりあんなものは、なんの確証もないただの気休めだったのだ。

現実を知らない、甘いだけの、無責任な言葉。

それでも——

「幸せに、なりたかったなぁ……」

言葉の最後は涙に濡れて、ちゃんと発することができなかった。

大きな幸せなんて望んでいない。富も、名声も、権力も、欲しくない。だけど、たった一人だけでいい、たった一人だけでいいから、一緒に生きてくれる人と出会いたかった。互いの体温に安心するような人と、互いのことをもっと知りたいと思えるような人と、自分が死んだら悲しんでくれる人と、出会いたかった。

でももうそれは叶わない。だって、少女はたどり着いてしまった。己の死の淵に。

大粒の涙がボタボタと落ちて、白無垢に丸い染みを作った。

空からはふっくらとした大きな牡丹雪《ぼたんゆき》が降り始める。

いつの間にか祝詞はやんでいて、儀式はもう少女が飛び降りるだけになってしまった。

「私は……、私は……」

少女は眼下の闇を見ながら震える唇でそう呟いた。

どんなに待っても飛び降りない少女に、周りの大人たちがひそひそと会話を始める。

少女は唇を引き結び、意を決して振り返った。そして、こちらを見つめる村人たち全員に視線を滑らせたあと、この儀式を取り仕切っている一臣に訴えた。

「私は、死にたくない！」

「ボロ！」

「死にたく――」

「……さっさと行きなさいよ」

その声が聞こえたと同時に肩が思いっきり押された。

押したのは――

「すみ――」

少女の身体は重力を失い、崖下に踊る。少女は必死に手を前に伸ばした。しかし、どれだけ伸ばしても、摑むのは宙だけ。先ほどまで少女が立っていた場所には澄子がいて、何の感情も感じさせない顔でこちらを見下ろしていた。

それもどんどん小さくなっていく。

(わたし、もう——)

死ぬのだと思った瞬間に、意識が遠のいた。

霞《かす》み出した視界は、遠くなった意識のせいか。それとも空に落ちていく涙のせいか。

意識を失う前の最後の記憶は「なんだ!?」「蛇神様だ!」と騒ぐ村人の声と、身体を包み込む温かな何かだった。

死後の世界というのは、想像していたよりもずっとふわふわしていて、温かくて、気持ちがよくて……——ずいぶんと、騒がしかった。

『ちゃんと説明してくれ!』

少女はそんな男性の怒鳴り声で目を覚ました。ぼやけた視界が最初に像を結んだのは木目の美しい天井で、次いで先ほど声がした方にある襖《ふすま》に目がいった。最後に自分が横になっている布団に気がついて、少女は思わず飛び起きてしまう。

「ここ、どこ……?」

そこは見たことのない部屋だった。今時流行りの洋間などではなく、藺草《いぐさ》の香る八畳ほどの和室。その中心にある布団の中に、なぜか少女はいた。

（どうしてこんなところに？　私は確か——）

覚えている限りの記憶を引っ張り出して、途端、少女は恐ろしさに震え上がった。

そうだ。少女は死んだはずだ。あんな高い崖の上から落ちたのだから地面に身体を打ち付けて死んだはずである。しかし、地面に打ち付けられてぐちゃぐちゃになっているはずの身体はなぜか傷一つなく、白無垢だった衣装もいつの間にか寝間着になっている。

「もしかして、夢、だったの？」

あまりにもついていけない事態に、崖から突き落とされたことの方が夢かと思ったのだが、だとしてもこの現状の説明がつかない。

だってこんな立派な部屋、少女は見たことがないからだ。寝かされる理由もない。和室ならば寺脇家にもたくさんあったが、こんな部屋はなかったはずだ。

上半身を起こした少女はまるで信じられないようなものを見る目で己の手のひらをまじまじと見つめた。

そうしていると、再び大きな声が耳をつんざいた。

『あんな子を拾ってきてどうするつもりだ！』

目覚めるときに聞いたものと同じ声に、少女はびくりと身体を震わせた。

もしかして、『あんな子』というのは自分のことだろうか。

少女は布団から這い出て、恐る恐る襖に近づいた。そうして、音を立てないようにそっと耳を近づける。盗み聞きなんて褒められた行為ではないということはわかっていたけれど、少女は少しでもこの現状を理解したかった。

襖の奥の部屋では二人の男性が話しているようだった。

『あの娘は、この屋敷に住まわせる』

『拾ってきた上に住まわせるって、犬や猫じゃないんだ！　相手は人間の女性だぞ!?　お前、周りからなんて言われるか――』

『別に、周りからどう思われようと今更だろう』

一人はいうまでもなく先ほどから声を荒らげている男性だ。もう一人は――

（この声、どこかで……）

聞き覚えのある声に少女は首をひねった。その間にも襖の先の会話は続く。

『だとしても！　結婚相手でもない妙齢《みょうれい》の女性を置いておくなら何か名目が必要だろ！』

『結婚相手だったら良いのか？』

『お前、そんな冗談――』

『こんなことを冗談で言うはずがないだろ』

『はぁ？　本気なのか!?　――って、白夜！』

咎《とが》めるような男性の声に続いて、こちらに足音が向かってくる。

盗み聞きしたことがばれてしまうと少女は焦り、慌てて布団に戻ろうとしたのだが、
彼女が動くよりも先に正面の襖が開いてしまう。

「ひゃっ！」

「……聞いていたのか」

わずかに呆れを含んだ声に、少女はゆるゆると顔を上げて目の前に立つ男性の顔を
見る。そうして、息をのんだ。

「貴方《あなた》は――！」

「三、いや、四日ぶりだな。丸一日寝ていたが、身体の調子はどうだ？」

そこには唇の端をわずかにあげた銀髪の青年がいた。

あの、朽ちた社の前で出会い、干し柿を一緒に食べた青年だ。

その後ろには銀髪の青年とあまり年齢が変わらない男性が立っていた。

「なん、で……」

「君のことは俺が助けた」

「助けた？」

なんで？　どうして？　どうやって？

一瞬にしていろいろな疑問が頭を駆け巡る。

青年は困惑する少女のそばに膝をつくと、彼女の顔にかかった髪を耳にかけた。

そうして、先日と変わらない穏やかな声で、……とんでもない爆弾を落としてきた。

「先ほどの話を聞いていたのならわかっているだろうが、改めて言っておく。今日から君は、俺の婚約者だ」

「こっ、……え？」

聞き返そうにも『こんやくしゃ』という単語があまりにも非現実的で、まったく飲み込めない。

（コンヤクシャって、私が知っている婚約者？　結婚する相手って意味の、婚約者!?）

混乱する少女を置いて、青年は淡々と話を前に進める。

「そういえば、自己紹介がまだだったな。俺は巳月《みつき》白夜という。説明はあとから詳しくしようと思うが、一応、この家の当主をしている」

「巳月家？　それってもしかして、十二宗家の？」

「ああ、一応な」

白夜はさらりと言ってのけるが、少女は口を半開きにしたまま固まってしまった。

十二宗家のことは、世間知らずの彼女だって、さすがに知っている。文字を書き始めた幼子だって、寝物語に聞いたことがある話で、この国に生きる人間の常識と言っても過言ではない。

十二宗家とは、天子が従える神々の社を守る家の総称である。

かつてこの国には、国を脅かすほどの力を持った十二匹の獣がいた。獣たちは好き放題に暴れ回り、人々を虐げ、困らせていた。これを憂いた当時の天子は、十二匹の獣を討ち取り、その魂を鎮めるために亡骸《なきがら》の上に社を建てた。そして、それぞれの社に管理する人間を置いたのである。

討ち取られ、魂だけの存在になった十二匹の獣は、国を脅かしたにもかかわらず社を建てて管理する人間を置いてくれた天子の尊大な心にいたく反省し、改心した。

そうして、十二の獣は天子に忠誠を誓い、国を守る神となったのである。

――というのがこの国に古くから伝わる神話だ。

そして、神となった獣を十二支、十二支の社を管理する家を十二宗家と呼ぶのだ。

十二宗家は階級上は華族に属しているが、他の華族よりも格上の存在とされ、特別な地位を与えられていた。

噂《うわさ》では、十二宗家の中には神から授かった不思議な力を使う者もいると聞く。

なんにせよ、どうして自分がそんな家の当主と結婚するという話になるのか、少女にはまったくわからなかった。話についていけないにもほどがある。

顔に困惑を貼り付けたままの少女に、白夜は小首をかしげた。

「君は？」

「え？」

「君の名前はなんという？」

まっすぐな目に見つめられ、少女は白夜から目をそらす。

「名前はありません。生まれたときにはあったかもしれませんが、覚えていないんです」

「……そうか」

「みんなには『ボロ』と呼ばれていたので、必要があればそう呼んでください」

白夜が自分のことを『ボロ』と呼ぶ姿を想像して、少女は手のひらをぎゅっと握りしめた。『ボロ』という呼び名は好きではない。だって、『ボロ』はぼろぼろの『ボロ』で、ぼろ衣の『ボロ』だからだ。けれど、彼女には他に名前がないのだからしょうがない。

白夜はそんな彼女をしばらく見つめたあと一つ頷《うなず》いた。

「わかった」

「……はい」

「それなら俺が君に名前をつけよう」

「え？」

少女が驚きの表情で顔をあげると、白夜は立ち上がる。そうして口元に手を当てながら思案顔で部屋の中をぐるりと一周した。そのまま彼は障子戸に手をかけて、開け放つ。障子戸の先は縁側になっており、その奥には硝子のはまった格子戸があった。

「もう、夜が明けるな……」

白夜の言うとおり、連なる山々の輪郭を破るようにして光がこちらに差し込んできていた。暗かったはずの空は白み、頭を出した朝日が夜に積もった雪をきらきらと溶かしている。

白夜はそんな光景をしばらく見つめたあと、こちらを振り返った。

「そうだな。朝日《あさひ》、というのはどうだ？」

「あさ、ひ？」

「ああ。問題がないなら今日から君は朝日だ。俺もそう呼ぶし、君もそう名乗ればいい」

そう微笑《ほほえ》まれた瞬間、少女は目の前がぱぁっと開けたような心地になった。

まるで、新しい命をもらったかのような、ここから新しい自分になれるかのような気分になる。

白夜はもう一度少女の前に膝をついた。

「朝日、約束をしよう。君のことは俺が幸せにする」

その言葉に、少女は朝日としての最初の鼓動を聞いた気がした。

◆◇◆

十二宗家は、十二支に呪われている。

だから時折、十二支の記憶と魂を引き継いだ呪われた子が生まれてくる。

彼らは『黄泉還り《よみがえり》』と呼ばれ、十二宗家の中でも畏怖と侮蔑の対象だった。

そして、巳月家の長子である白夜は、『黄泉還り』だった。

白夜が持っているのは巳月家の社の下に眠る、白い大蛇の記憶——……


「本当に彼女が？　間違いないのか？」

少女に朝日という名前を与えたその日の晩。

屋敷の庭で友人である辰城《しんじょう》達久は声を潜めながら白夜にそう確かめた。

白夜はそんな友人の顔を一瞥したあと、低く声をうならせる。

「間違いない。私が彼女の魂を間違えるはずがない」

「だけど——」

「信じたくないなら信じなくてもかまわない。私は一人でも事をなす」

白夜はそう言って、胸元の着物をぎゅっと握りしめる。

「私を裏切ったあの女を、今度は私が殺してやる。心の底から幸せにして、生きたいと望むようになった彼女を殺す。……それが、私の復讐《ふくしゅう》だ」

「白夜……」

「そうすればきっと、俺のこの呪いも解ける」

第二章

　これは、すべてが壊れてしまう前の温かな思い出《記憶》——


『わ！　蛇様、今日は人の姿なんですね！』

　弾むような明るい声を出しつつ、私に声をかけてきたのは、黒髪の少女だった。

　いつも通りの白衣と緋袴で、いつも通りの笑みを浮かべたまま、彼女は身体を直角に折り曲げるようにして、社の階段に座る私を後ろからのぞきこんでいる。

　まだ大人の入り口に立ったばかりといった感じの彼女の名前は宵子《しょうこ》。私が祀られている社を管理している巫女だそうだ。

　私は彼女を一度だけ見上げたあと、視線を戻し、先ほどと同じように頬杖《ほおづえ》をついた。

『お前が、あの姿のままだと話しにくいと文句を言ったからだろう？』

『だって大きなお身体だと、こう、ずっと上を向いていないといけないので大変じゃないですか。首も痛くなりますし！』

『だからといって、なぜ私が気を遣う必要がある。私は一応、曲がりなりにも、お前たちの神様なんだろう？』

『神様だからこそ、私の願いを叶えてくれたんですよね？　ありがとうございます』

その言葉に私が黙ると、彼女はからからと楽しそうに笑った。そして、私の目の前に回ると、まるで目線を合わせるようにその場にしゃがみ込む。

彼女はいつも、どんなときでも、本当によく笑うし、よくしゃべる。

『それにしても、不思議ですよね。本当の姿はあんなに大きいのに、こんなに小さくなっちゃうんですもん』

『大の男が、小さい、か？　おい、こら。あまり不用意に触るな』

『すみません！　あ、でも人の姿なら、一緒に食べられるかな？』

私が『食べる？』と言葉を繰り返すと、彼女は立ち上がった。そうして、社の裏手に走って行く。しばらくして戻ってきた彼女の手には——

『なんだこれは？』

『干し柿です！　社の裏に大きな柿の木があるの、知っていますか？』

『……知らなかったな。というか、ここは私の社じゃなかったのか？』

『知っていますか？　私、この社の管理をしているんですよ』

そんな減らず口をたたきながら、彼女は干し柿を差し出してきた。

私は干し柿を一つ手に取る。白い粉が浮いたそれは、橙色をとうに超えてもう茶褐色になっていた。見たことはあるが口にしたことはないそれに、私は少しだけ迷ったあと、かじりついた。そして、驚く。

『………甘いな』

『もしかして、お口にあいませんでしたか？』

『いや、美味しい』

『それならよかったです！』

ほっとしたように息をついて、彼女も干し柿を口に運ぶ。そうして『わ。本当に美味しい！　甘い！』と声を上げた。さらに、もう一口。

宵子は食べるときだってなぜかとても楽しそうで、見ているこっちの口角もつられて持ち上がってしまう。

『ねぇ、蛇様』

『なんだ？』

『美味しいものって一人で食べるとただ美味しいだけですけど、二人で食べるとなんだか幸せになりますよね』

宵子はそう言って、どこか恥ずかしそうにはにかんだ。

――俺は、そこで目が覚めた。

見上げる先にはいつもの天井。首をねじって周りを見回しても、そこにはいつもの襖と畳と障子戸があるだけだ。先ほど背にしていた社なんてまったく見当たらないし、宵子だってどこにもいない。

俺は布団から起き上がり、消化しきれなかった感傷を一息に吐き出した。けれどもそれだけでは発散できなかった想いが、しずくとなって目尻からこぼれ落ちる。

顔を覆う。

わかっている。これは俺の記憶ではない。だから、俺が傷つく必要はどこにもない。けれど、俺の記憶でなくても、私の記憶であることは確かで、胸に迫ってくるこのどうしようもない感傷も恋慕も憎しみも、全部全部全部本物だった。

「お願いだから早く消えてくれ……」

俺はまた大きく息を吐き出した。

◆◇◆

暦の上では春でも、二月の外気はまだ寒くて痛い。それも、早朝となれば尚更《なおさら》だ。

「でも、雪は降らないみたい。よかった」

少女――朝日は白い息を吐きつつ、青く澄んだ空を見上げて微笑んだ。

箒《ほうき》を手に持った彼女がいるのは、お世話になっている巳月邸の玄関前。

眼前にはどこからどう見ても立派な日本庭園が広がっていた。

幼子の頬のように赤く染まった梅。藁《わら》でできた菰《こも》を腹巻きのように巻いた松。少し歩いたところには鯉《こい》の泳ぐ池があり、地面にはほんのりと昨晩降った雪が積もっている。

朝日は箒を一度自分の肩に立てかけたあと、少し赤くなっている自身の指先に、はあぁっ、と息を吹きかける。それを何度か繰り返し、指の先がじんわりと温まったところで、彼女は箒をもう一度手に持ち、玄関前を掃きはじめた。

少女がこの屋敷に来て、朝日という名前をもらって、早くも一週間が経っていた。

目を覚ましてからの最初の三日間ほどは、疲れが溜《た》まっていたせいか、はたまた膨大な情報に頭が参ってしまったせいか、体調があまり芳しくなく、食事をして休むということを繰り返していた。四日目を過ぎたあたりからやや高かった熱も下がり、日中に起きていても平気になった。そしてようやく、昨日あたりからいつも通り――というわけにはいかないが、それなりに動けるようになったのだ。

休んでいる間に、朝日は白夜からあの生け贄にされた夜のことを聞いた。

朝日はやはりちゃんと崖から落ちたらしい。ちゃんと、と表現したのは、崖から落ちたにしてはあまりにも無傷だったので、自分でも本当に落ちたのかどうか疑ってしまっていたからだ。

白夜が言うには、あの崖の下には底の深い川が流れており、朝日はそこに落ち、そしてたまたま近くにいた彼に助け出されたという。

（でもそれじゃ、あのつるつるとしたものはなんだったのかしら）

朝日は、谷底へ突き落とされた夜のことを思い出す。

意識が途切れる直前、朝日は何か柔らかいものに包まれた。それは、ふわふわというよりはつるつるで。もっと言うなら、すべすべで、むにむにとしていた。

そして、どこかで嗅いだことのあるような優しい香りがした。

朝日を包み込んでくれた何か。あれは決して水ではなかった……と思う。

（だけど、白夜様は水に落ちたと言っていたし……）

それに、白夜はどうしてあんな夜中に森の中を歩いていたのだろうか。

話を聞いたときは思い至らなかったいろいろな疑問が、今頃になってふつふつと湧き上がってくる。けれど、それを面と向かって白夜に聞く気にはなれなかった。

（だって、『私に嘘をついていますか？』なんて、聞けるわけがないもの）

白夜が朝日にどんな嘘をついていようが、助けてもらったことに変わりはないのだ。

それに、朝日の勘違いってことも十分ありえる。

玄関前を掃きながらそんなことを考えていたときだった。

「朝日様！　なにをしてらっしゃるんですか！」

背後からそう声をかけられ、朝日は振り返った。

視線の先には、こちらに駆けてくる白髪交じりの小柄な女性の姿がある。

「スズさん！」

彼女の名前は山村《やまむら》スズ。この屋敷で使用人をしている女性だ。

この屋敷の家事は一切合切彼女が取り仕切っており、寝込んでいた朝日の看病もずっとスズがしてくれていた。生け贄になったときに着ていた白無垢を脱がせて、寝間着にきがえさせてくれたのも彼女らしい。

スズは朝日のそばまでやってきて、呼吸を整える。

「もう！　昨日も同じことで注意したじゃありませんか。家事はしなくてもよろしいと！　お外を掃くのもスズがやりますから」

「すみません。でも、ずっとお世話になりっぱなしというのも心苦しいので……」

「なにを言ってらっしゃるんですか！　朝日様はもう白夜様の婚約者なのですよ！　身の回りのことはスズに任せて堂々としていればいいんです！」

「婚約者……」

そのどこまでも現実感のない単語に、朝日は困ったような表情になる。そして、以前白夜から言われたことを思い出していた。

『これから俺は君を婚約者として扱うが、それは君がここにいるための口実だ。君は気にしなくても良いし、好きなだけここにいてくれてかまわない。ただ、ここにいる間はそういうことで話を通してくれると助かる』

つまり、『婚約者』というのは、朝日をここに置いておくための方便なのだ。

しかし、それを知らないスズは、言葉を言葉のままに受け止めているようだった。その上、ちょっと張り切っているようにも見える。

（スズさんには色々お世話になっているから、本当のことを言いたいのだけれど……）

スズに黙っているのは、彼女が嘘が苦手なためなのと、事実を知っている人間を極力減らすためらしい。なので、朝日が勝手に、スズに真実を告げるわけにもいかない。

スズは、腰に手を当てつつ、唇をとがらせる。

「白夜様も昨日仰《おつしや》っていたじゃありませんか。朝日様はなにもしなくて良いと」

「それはそう、ですが。でも、このお屋敷を一人で切り盛りするのは大変ですよね？」

「白夜様は使われるお部屋も限定的ですし、問題ありません。それに、ここは本邸ほどの部屋数もありませんので！」

そう、朝日がお世話になっている屋敷は、巳月家のいくつかある別邸の一つらしいのだ。なので、ここに住んでいるのは、白夜とスズ、それと朝日だけなのである。

（あ。辰城様も、か）

朝日がそう一人の青年を思い浮かべたときだった。

「あ、いたいた。朝日ちゃん」

「辰城様！」

「朝から何をもめているの？」

噂をすればなんとやら……ではないが、ちょうど頭に思い浮かべた人物がこちらに向かって歩いてくる。その表情は穏やかで、一週間前、白夜に声を荒らげていたのと同一人物だとは思えない。

青年の名前は辰城達久。年齢は白夜の二歳上の二十五歳。

彼も十二宗家の一つである辰城家の長子で、白夜とは幼なじみということだった。

達久は頻繁にこの屋敷に出入りしており、スズとも顔なじみ。

朝日が目覚めた日は、用事ついでにたまたま白夜の顔を見に来たら、見知らぬ女の子が屋敷の部屋で寝ていて、驚きのあまりあんな風に怒鳴ってしまったらしい。

『昨晩は大きな声を出しちゃってごめんね？　びっくりしたよね。僕もさ、友人が女の子拐《かどわ》かしてきたのかと思ってびっくりしちゃってさぁ』

朝日が目覚めた日の翌朝、達久はそうおどけたように言いながら、謝ってくれた。

（謝る必要なんて全くないのに、律儀な方よね）

達久はこの屋敷に住んでいるわけではないが、朝日がこの屋敷で目覚めた日から『二人が心配だから』という理由で屋敷に留《とど》まっている。なにが心配なのかはわからないが、不用意に二人っきりにして、白夜に良くない噂などが出てもいけないと考えているのかもしれない。

なので、寝泊まりしているという意味でいうなら、今は四人の人間がこの屋敷にいるということになるのだ。

（そう考えると、やっぱりスズさんだけでは大変なんじゃないのかしら。それに——）

朝日がそう思うのと同時に、スズが唇をとがらせたまま達久に訴えた。

「聞いてください、達久様！　朝日様ったら、私の仕事を手伝おうとするんですよ！」

「ふふふ。でも、朝日ちゃんも暇なんじゃないの？　本人が望んでいるなら、なにか手伝わせてあげてもいいんじゃない？」

「だめです！　私が白夜様に怒られてしまいます！　朝日様には何もさせるなと言いつけられていますから！」

「うーん、白夜も過保護だな。それなら今度、僕から白夜に言ってみるよ。要は、白夜がいいと言えばいいんでしょう？」

「それは、まあ……」

達久の言葉にスズは渋々といった感じに頷く。

そんなやりとりを見ていると、不意に達久がこちらに来たときのことを思い出した。

「そういえば、辰城様。私になにかご用でしたか？」

「あぁ、うん。ちょっと伝えておくことがあってさ。——あっちで話そうか」

スズに聞かれたくないのか、彼は朝日を伴って、梅の木の下に向かった。

その際に箒はスズに取りあげられてしまったけれど、これはもう仕方がないだろう。

どのみち今はもう掃除はできそうにない。

達久は見上げてくる朝日に少しだけ迷うそぶりを見せたあと、どこか申し訳なさそうに口を開いた。

「実は今日、僕の妹がここに来る予定なんだよね」

「辰城様の妹……ですか？」

「うん。それで、もしよかったら妹に会わないようにしてもらいたいんだ」

その思ってもみない頼み事に、朝日は「え？」と大きく目を見開いた。

「悪いやつじゃないんだけど、今ちょっとやっかいな感じになっててさ。もし会うことがあっても絶対に名乗らないで欲しいんだ。もうなんなら、無視してもいいから」

「無視、ですか？」

「うん。……頼める？」

「無視ができるかどうかはわかりませんが……。わかりました。できるだけ、その、今日は存在を消していますね」

「ごめんね。変な頼み事をして」

「いえ」と朝日が首を振ると、「お二人とも、そろそろ朝ご飯を食べましょう」というスズの明るい声が届く。

彼女は屋敷のそばでこちらに手を振っていた。

達久はスズの声に「わかりました」と返し、改めてこちらを見る。

「それじゃ、行こうか」

「あ、はい！」

朝日は先を行く達久に早足でついていきながら、先ほどの頼み事を反芻《はんすう》する。

(妹ということは、辰城様と同じように白夜様とは幼なじみなのよね)

どんな方なのだろうという思いとともに、どうして会わないようにしないといけないのだろうという考えも頭をよぎる。

そのとき、しばらく聞いていなかった澄子の声が、耳の奥で蘇った。

『徹さんにアンタのみすぼらしい姿を見せたくないの』

(……もしかして、そういうこと、なんでしょうか)

朝日は歩きながら自身の着物を見た。今着ているものは寝込んでいる間に白夜がスズに頼んで揃えてくれたものだ。なので、きっと着ているものがどうということはないだろう。けれど、着ているものが変わったって、名前を与えてもらったからって、生まれ持った卑しさみたいなものは隠せないのかもしれない。

達久はいつだって朝日に優しく接してくれているし、そんなことを言い出す人間じゃないということはわかっているが、それでも確信があるわけじゃない。もしかすると……を拭えるほど、朝日はまだ達久のことを知っているわけではなかった。

頭の中の想像に少しだけ傷つきながら、朝日は達久の背中について行くのだった。


「……といっても、なにをしましょう」

朝餉を食べた後、朝日は自分にと宛《あて》がわれた八畳間の隅っこで、そうこぼした。

達久の妹と会わないようにするためには部屋の中に籠もっているのが一番だとわかっているのだが、部屋の中に籠もっていてもやることはなにもない。

朝日は完全に時間を持て余していた。

尋常小学校に通っていないにもかかわらず、なぜか昔から読み書きはある程度できていたので、本などあれば読んで時間を潰すなんてこともできるのだが、本なんて上等なものを朝日が持っているはずもない。

朝日はしばらく考えた後に「そうだ！」と顔を上げる。

そして、今の自分と同じように部屋の隅に置いてある風呂敷に手を伸ばした。

それは、朝日の両親が置いていったもので、崖から落とされたときにほとんど間を置かずに一緒に崖下に放られたものである。

白夜は朝日だけでなく、それも回収してくれていたのだ。

朝日は籠目模様の風呂敷をそっと開く。すると、幼子の頃から大切にしている荷物の上に、一枚の襟巻きがたたまれて置いてあった。

それは、白夜に初めて出会ったときに貸してもらったもので、生け贄の話を聞き自分の命を諦めてしまった朝日が、それならせめて一緒に浄土に持って行こうと風呂敷の中に潜ませたものだった。

久しぶりに広げたそれには思った以上に泥や砂がついており、汚れている。

「洗ってちゃんと落ちるかしら？」

朝日が思いついた時間の潰し方は、洗濯だった。

もちろんこの部屋で洗濯をすることはできないが、炊事場や井戸のある場所は屋敷の裏手で玄関とは真逆の位置にある。客間も玄関側にあるので、気をつけていれば達久の妹と鉢合わせをするということにはならないだろう。それに、華族である達久の妹が井戸の方に来るとも思えない。

「ちゃんと洗って、ありがとうございましたって、お返しししないと」

朝日はそう呟き、襟巻きを抱きしめたまま立ち上がった。

ちょうど炊事場にいたスズに事情を話すと、「そういうことでしたら、仕方がないですね」と洗濯板と桶《おけ》と石けんを貸してもらえた。

最初は「私がやりますよ」と襟巻きを取られそうになったのだが、白夜から借りたものなのでどうしても自分で洗いたい、ということを伝えると、すぐに態度が軟化した。「そうですよね。そういうものですわよね」と妙に生暖かい目で見られたような気がするが、朝日にはその台詞《せりふ》が指す意味も表情の理由もよくわからなかった。

朝日は貸してもらった道具を抱えて井戸のそばに座り込んだ。桶に井戸から汲《く》んだ水とスズからもらったお湯を半分ずつ入れて、ちょうどいい温度にしたあと、襟巻きを浸す。

そうして、意気揚々と洗い始めた、のだが――

「汚れは落ちたけど、なんか、少しよれてしまった気が……」

洗い終わった襟巻きを見て、朝日は難しい表情になった。

洗う前よりは随分と綺麗になったような気がするが、なんというかこう、ごわっとしてしまったような気がする。多分、ちょっと生地が良すぎるのだ。もしかすると、この襟巻きはごしごしと手で洗うべきものではなかったのかもしれない。

「でも、もう後悔しても遅いわよね。乾いたらなんとかなるかもしれないし！」

朝日は動揺を飲み込んで、襟巻きを軽く絞り、あらかじめ張っておいた紐《ひも》に干す。

そして、洗濯挟みを手に取ったときだった。

「きゃっ！」

いきなり、吹き上げるような突風が朝日を襲った。木々がざわめき、砂埃《すなぼこり》が舞う。

突然のことに朝日はぎゅっと目を瞑る。

風がやんだのは数秒後。おそるおそる目を開けたときには、先ほどまで目の前にあった襟巻きはどこかへ消えてしまっていた。

「え？　え？　え？　あっ！」

右見て、左見て、下を見て、上を見て、——見つけた。

襟巻きが空を飛んでいる。

「ちょ、ちょっと！」

朝日は慌てて走り出す。

これで地面にでも落ちてしまった日にはもう一度洗い直しだ。水分を吸ってある程度の重さになったはずの襟巻きは、しかし風に乗ってしまったのか、どんどん先へと飛んで行ってしまう。そうして、とうとう屋敷の塀を越え、朝日の視界からは消えてしまった。

「ど、どうしよ——」

「きゃあぁぁっ！　なにこれ!?　なにこれ!?」

直後、女性の叫び声が聞こえた。朝日は顔を青くしつつ、声のした方へ向かう。

塀の外にいたのは、一人の女性だった。年齢は朝日と同じか、少し若いぐらいだろう。流行の洋装に身を包んだ彼女の顔には、襟巻きが張り付いている。

朝日は声なき悲鳴を上げたあと、慌てふためく女性に駆け寄り、襟巻きを顔から剝がした。そうして、身体をこれ以上折り曲げられないだろうというところまで折り曲げる。

「す、すみません！　ごめんなさい！　申し訳ありません！　洗っていた襟巻きが風で飛んでしまって！　お顔、大丈夫ですか!?　あぁ、大丈夫じゃありませんよね！　もう本当に――」

「……はぁ。まったく、気をつけなさいよね」

女性は、腕を組みながら息をつく。その顔は不快に歪《ゆが》められてはいるが、特段、怒っているというわけでもなさそうだった。

朝日はそんな彼女にもう一度深々と頭を下げた。

「本当にすみませんでした！」

「いいわよ。わざとじゃないんでしょう？　それよりも貴女、新しいお手伝いさん？」

「え？　えっと……」

朝日が答えに窮《きゅう》していると、女性は視線を巳月邸の塀の方へ向け、どこか攻撃的な声を出す。

「ねぇ。朝日って女、知ってる？」

「え!?」

「私、その子に会いに来たの。白夜と結婚するって言っているらしいじゃない？」

「え、えっと、……貴女様は？」

「お兄様から聞いていないの？」

瞬間、嫌な予感がした。頭の中に今朝聞いた達久の言葉が蘇る。

目前の女性は人形のように整ったかわいらしい顔をわずかに傾けたまま、胸あたりまである長い髪を後ろに払った。

「私は辰城真央《まお》。そちらでお世話になっている辰城達久の妹で、白夜の本物の婚約者よ」

『本物の』を強調して告げられた自己紹介に、朝日は少しだけ頬を引きつらせた。

「人のものを取ろうとする女って最低よね。貴女もそう思わない？」

真央は客間の敷居を跨《また》ぎながら、こちらに向かってそう問いかけてきた。

なんと答えたらいいのかわからない朝日は「はぁ」と頷きつつ真央にお茶を出す。

こんなときに限って屋敷には人がいなかった。

白夜と達久は『すぐ帰るから』とかなんとか言って朝餉を食べたあとから屋敷を留守にしているし、スズはきっと蔵の掃除だ。昨日から『明日は虫干しですから、気合いを入れなくてはいけませんね！』と張り切っていた。蔵は敷地の奥にあるし、きっと来客のことにも気がついていないだろう。

「それにしても、朝日って子は本当に、図々《ずうずう》しいわよね。助けてもらった上に、結婚してほしいってねだるなんて」

「ね、ねだる……ですか？」

「ねだったに決まっているでしょう!?　じゃないと、どうしていきなりこんな話になるのよ！　白夜も白夜よ！　なんでそんなこと簡単に受けちゃうのよ！」

真央の言葉に、朝日はわずかに首をひねった。なんだか先ほどの話とかみ合っていないような気がしたのだ。朝日はおそるおそる口を開く。

「えっと、白夜様と真央さんは結婚するご予定なんですよね？」

「そうよ！　お父さまとおじさまの間では、私たちが結婚するのはもう随分と前から決まっていたわ！　それこそ、私が物心つく前からね！　ただ、白夜が――」

真央はそこで言葉を切り、視線を下げた。その顔には先ほどまでの明るさはない。

「まおさ――」

「あーもー！　とにかく、私は白夜の婚約者なの!!　それを、ぽっと出の女に！　ほんと、最悪よ！　そう思わない!?」

「そう、ですね……」

（ど、どうしましょう……）

真央が言うところの『ぽっと出の女』である朝日は、同意しつつ顔をそらした。

正直、どういう対応をすればいいのかわからない。できれば早く、真央に自分が朝日だと名乗り、白夜との結婚に対する誤解を解くべきなのだろうが、白夜の許可を得ていない状態で本当のことを言うことはできないし、達久にだって無視するように頼まれている。

それに、今ここで「実は、私が朝日です」なんて言っても怒られるだけだろう。もしかすると、名乗っただけでその後の話を聞いてもらえなくなるかもしれない。

（だけど、このままってわけにもいかないわよね。事情はありそうだけれど、真央さんは白夜様の本当の婚約者なわけだし……）

「そこで白夜がね——って、聞いているの？」

鋭い声でそう問われ、朝日は飛び上がりながら「は、はい！」と返事をした。

「貴女、なんだかさっきから様子がおかしくない？」

「え、えぇっと」

「なによ。言いたいことがあるなら、はっきり言いなさいよ」

そう、真央が唇をとがらせたときだった。唐突に背後の襖が開き、もう聞き慣れてしまった声が二人の空間に落とされる。

「なにをしているんだ？」

「あ、白夜！」

真央がそう声を跳ねさせ、朝日は自分の背後を確かめた。

振り返ると、やはりそこには白夜と達久がいる。

白夜の数歩後ろにいる達久は、妹と朝日を見て「うわ……」と声を漏らした。

「真央、来ていたのか」

「えぇ。というか、白夜も知らなかったのね。お兄様には今日行くって言っておいたはずだけれど。……なによお兄様。その嫌そうな顔！」

「……いや」

達久は頬を引きつらせつつ、朝日を見た。その目が、なんだか謝ってきているように見える。

そんな達久の視線に気がついたのだろうか、白夜は真央に向けている目を今度は朝日に滑らせた。そして、そのまま彼女の持っているお盆に目をとめる。

「朝日。そんなことはしなくていいと言っているだろう？」

「えぇっと……」

「家事は手伝わなくてもいい。ゆっくりとしていろ。スズの手が足りないように見えるのならば、今度本邸から人を呼ぶ。君が気にしなくてもいい」

「白夜様。あの――」

「朝日……？」

朝日の言葉を遮るように呆けたような声を出したのは、真央だった。

白夜に向いていた真央の顔がゆっくりとこちらを向き、朝日は身体を強ばらせる。

「貴女が、朝日なの？」

「えっと……。そう、ですね。はい」

怖々と肯定すると、真央の視線が朝日の身体を舐《な》めるように上下した。それはまるで値踏みをするようで、朝日は居心地が悪そうに身じろぎをする。

「――ない……」

「あの、真央さん？」

「信じられない！　貴女、私のこと騙《だま》していたのね！」

いきなり激高した真央に、朝日は身を縮ませる。

「あの、騙そうと思ったわけでは……」

「黙りなさい！　そんななりで出てきて、なにが『騙そうと思ったわけじゃない』

よ！　嘘をつくのも大概にしなさい！」

両手で叩かれた座卓が大きな音を出し、上に乗っていた湯飲みがわずかに浮いた。

真央が言っている『そんななり』というのは、きっと朝日の前掛けのことだろう。襟巻きを洗濯する際に着物が汚れないようにと思ってつけたものだが、確かにこの姿では真央が朝日を使用人だと思うのも無理はないかもしれない。

「しかも、なにその貧相な身体！　まるで干からびているみたいじゃない！　髪だって荒れているし、手だってカサカサでひび割れてるし！」

朝日はとっさに指先を隠すように手を握りしめる。

同時に羞恥で頬が熱くなった。

「貴女、巳月家がどういう家か、十二宗家がこの国でどういう立ち位置にあるかわかって――」

「真央」

真央を制したのは白夜の静かな声だった。

いつもよりも緊張感を帯びた声に、朝日も思わず身を正してしまう。

「それ以上なにも言うな」

「で、でも！」

「でもじゃない。朝日とのことは俺が決めた。お前には関係のないことだ」

「それじゃ、本当にこんな見窄《みすぼ》らしい女と結婚するつもりなの!?」

真央が信じられないというような声を出し、立ち上がる。

彼女の人差し指が朝日を指した。

「なんでこんな、野暮ったい田舎娘と!?　こんな女――」

「真央！」

白夜の明らかな叱責に、真央は身を震わせた。

その後に続いた言葉も、地を這うような低い声で放たれる。

「それ以上言うなと言ったはずだが？　あまり軽蔑させるな」

静かな怒りに触れて、真央は頬を紅潮させた。小刻みに震えているのは、きっとこんなところで叱責された羞恥と怒りからだろう。

「絶対に、……から……」

「真央さん？」

「私は、絶対に認めないから！」

叫ぶようにそう言って、真央は客間から飛び出して行ってしまった。

「ほ、本当に良かったのでしょうか……」

真央が部屋から消えたあと、朝日は畳に膝をついたまま、そう声を震わせた。

しばらくぶりの女性の甲高い声に、朝日の背筋に変な汗が伝う。

朝日はてっきり、真央の誤解は白夜が解いてくれるのだとばかり思っていた。なのに彼は朝日が婚約者だということを肯定しただけでなく、真央から朝日をかばったのだ。まるで本当の婚約者のように。それが嬉しくないと言えば嘘になるが、朝日は真央に途方もない申し訳なさを感じていた。

(だって、私と白夜様の間にはなにもないのに……)

そんな彼女の心をくみ取ったのか、達久があっけらかんとした顔で笑う。

「真央のことは、大丈夫だよ」

「でも……」

「俺はもともと真央と結婚するつもりはなかったからな」

続いた白夜の言葉に、朝日は「そう、なんですか？」と首をかしげた。

「ああ。少なくとも俺は了承してないし、そのことは何度も真央に伝えている」

「つまり、その、婚約者というのは……」

「真央が勝手に言ってるだけだ」

「でも、諦めないんだよね。まあ、実際に白夜のおじさんとうちの父親はそういうことで話をまとめようとしていた時期もあったし」

達久はそう言いつつ、苦笑いを浮かべる。

「そもそも、今回のことで君が気に病む必要はどこにもない。悪いのは全部こいつだからな」

　そう白夜に視線で指され、達久は「僕!?」とひっくり返った声を上げる。

「当たり前だ。お前が、真央に朝日のことを話したんだろ？」

「あー……。やっぱり、ばれた？」

「お前以外のどこからばれるって言うんだ」

　白夜が呆れたようにそう言うと、達久は「いやでも、わざとじゃないんだよ？」と頬を掻《か》く。

　達久曰《いわ》く、きっかけは彼が家にかけた一本の電話だったらしい。

「この屋敷にお世話になることを決めたはいいんだけど、さすがに家になにも言わず何泊も外泊するのはあれじゃない？　だから、この屋敷の電話を借りて家に連絡を入れたんだけどさ。それをたまたま真央に聞かれちゃって……」

　といっても達久は『ちょっと白夜が大変そうだから、しばらくこっちに泊まる』としか説明しなかったのだが、それを盗み聞いた真央から翌日電話があり『白夜に何があったの!?』と問い詰められたらしいのだ。

「それで、朝日のことを話したのか？」

「さすがに最初は黙ってたんだよ？　だけど、あまりにもしつこく聞いてくるからさ。

白夜のことを心配してるのもわかったし。最後には『言わないのなら強引に乗り込んで無理矢理にでも話を聞くから！』って脅されて……」

仕方なく事情をかいつまんで話したところ、今回の事態になってしまったということだった。

「ここで暴れ回るよりはいいと思ったんだけど。結果として、暴れちゃったね。ごめんね、朝日ちゃん」

「い、いえ！　私は大丈夫です！」

丁寧に頭を下げられて、朝日は慌てたように顔の前で手を振る。

「それよりも、達久。真央は泊まっていくつもりなのか？」

「だと思うよ。着替えも持ってきていたみたいだしね。一週間ぐらいはいるんじゃないかな」

「俺はいいと言ってないんだがな」

そう言いつつも追い出す気はないのだろう、白夜は呆れたように溜息《ためいき》をついただけで、それ以上はなにも言わなかった。

二人の会話を聞きながら、朝日はしばらく黙ったまま考え事をしていた。

そんな彼女の様子に気がついたのか、白夜がこちらをのぞき込んでくる。

「朝日。真央のことで、なにか心配事でもあるのか？」

「そういうわけじゃ！　いえ、心配事と言えば、心配事なのですが……」

朝日はそこで言葉を切り、数秒悩む。そして、意を決して口を開いた。

「白夜様！　やっぱり、私もここで働かせてください！」

「それは、しなくていいと何度も……」

「でも、でも！　真央さんもここに泊まるとなったら、四人の世話をスズさん一人にさせてしまうことになります！　それは、大変です！」

「それなら、心配いらない。数日間なら、本邸から何人か呼び寄せればすむ話だ」

「けれど、それだと時間もかかってしまいますし！　その間はやっぱりスズさんが……」

朝日は言葉尻を小さくしながら項垂れた。

そんな彼女の様子に、白夜が根負けしたように、はぁ……、と溜息をつく。

「君は、そんなに働きたいのか？」

「……だめ、でしょうか？」

「だめというわけではないが、なぜそんなに……」

「わ、私は、その、婚約者という話になっていますが、実際は居候なので。何もかもお世話をしてもらうのはちょっと違うといいますか。申し訳ないというか、落ち着かないというか……」

叱責されるのかと思い、朝日が身を小さくしていると、白夜がもう一度大きく溜息をついた。

「……好きにしろ」

「え？」

「君がそれで満足するなら、好きにすればいい」

「あ、ありがとうございます！」

朝日は心底嬉しそうな声を出し、頭を下げた。

そして、すぐさま立ち上がる。

「では、早速手伝ってきますね！　スズさんは——」

「おそらく、真央の部屋の準備をしている。炊事場にいれば戻ってくるだろう」

「わかりました！」

元気にそう言って、朝日は炊事場に駆けていった。

◆　◇　◆

「あんなに寺脇家でこき使われていたのに、まだ働きたいのか……」

去っていく朝日の背中を見ながら、白夜は呆れたようにそう独りごちた。

この一週間で、白夜は朝日の調査を終えていた。彼女の境遇も、どういう状況で育ってきたのかも、あの村のことも。

そして、あの醜悪なだけの意味のない儀式のことも。

完全に……とまではいかないが、彼は大方のことは把握していた。

元々、達久に頼んでざっくりとは調べてもらってはいたけれど、詳しく調べてみると、彼女が育った環境はあまりにも劣悪で壮絶で。

（だからこそ、この屋敷ではなにもさせるつもりはなかったのに……）

そうすれば、朝日は幸せを感じてくれると思っていた。村とは真逆の環境に身を置けば、ゆっくりと過ごさせれば、彼女は満足すると思っていた。なのに——

（まさか、あそこまで働きたがるとはな）

寝込んでいたときだって、熱があるにもかかわらず目が覚めるたびに「あの、私に何かできることはありませんか？」と何度もしつこく聞いてきたし、目を離していたらふらふらと部屋から出て勝手に掃除を始めたりもしていた。白夜が注意をしてからはおとなしくなったが、それでもまるで布団で寝ていることが罪であるかのように、白夜が部屋を訪ねていくたびに彼女は重たい身体を起こし、何度も頭を下げていた。

（働いていないと死んでしまうかのようだな）

世話になっていて申し訳ないという気持ちがあるのはわかるし、もちろんスズを助けたいという想いも嘘ではないのだろうけれど、彼女の根底にはそれとは別の強い強迫観念のようなものがあるような気がした。

「白夜ってば、優しいね」

その声に隣を見れば、薄い笑みを顔に貼り付けた達久がこちらを見ている。

「優しい？」

「優しいでしょ。なんだかんだ言って、朝日ちゃんのお願い聞いてあげてるし」

その言葉に、白夜は息をつく。

「あそこまで言われたら仕方がないだろう？　それに、優しくするのは当たり前だ」

「当たり前、ね」

「アイツが幸せの最中で『死にたくない』と懇願しながら死ななければ、私の復讐は果たされない。復讐が果たされなければ、俺の呪いは解けない。お前だってわかっているだろう？」

「それはまぁ、ね」

民間に広がっている十二支の話と、実際の十二支の話は、実はかなり違う。

勝てば官軍という言葉があるように、広まっている話は当時の天子に都合が良いように改変された話なのだ。

実際の十二支は、人間に力を貸すような心優しいものや、人の姿を取り、人として生きているようなもの、人には無関心だが、無関心故になにもしないものなど、様々なものがいた。もちろん、暴れて周りに迷惑をかけるようなものもいたが、彼らのほとんどは人と適切な距離を保ち、共存していた。

しかし、当時の天子が十二支の中にある力の源——如意宝珠《にょいほうじゅ》の存在に気がつき、それを得るために彼らを獣として退治をしてしまったのだ。けれど、如意宝珠は大きな力をもたらす代わりに、持っている者の血族に呪いを与えた。

それが『黄泉還り』という存在だ。

十二支の生まれ変わりと呼んでもおかしくないような存在が、如意宝珠を所有する血族からは生まれてくるのである。それに気がついた天子は骸《むくろ》の上に社を建てて、それぞれの社に如意宝珠を守る人間を置いた。自分に忠誠を誓う人間たちを。

それが自分たちの——十二宗家の始まりだった。

「僕らは所詮、天子様が受けるはずだった呪いを肩代わりして、天子様のために力を使う存在だからね」

真実を知りながらも天子に仕え続けるのは、十二宗家であることが彼らにとって大きな利益をもたらすからだ。それは『たまに呪われた子が生まれてくる』という不利益を差し引いても、あまりあるものである。だから、彼らは呪いを甘んじて受け入れていた。当主の子供として生まれてくる呪われた子を見ないふりをしていた。

しかし、十年前。突如として『黄泉還り』の呪いを解呪したと言い出す者が現れた。

「『呪いは、所詮呪いだ。解呪はできる。十二支であった頃の未練を断ち切れば、「黄泉還り」はただの人になる』か。でも、実際に呪いを解けたのはその家だけなんでしょ？」

「そうだな。しかし、それでも呪いが解けることに変わりはない」

白蛇の未練といえば、宵子のことをおいて他にない。白蛇は宵子以外の人間を誰も恨んではいなかった。言い換えればそれは、恨むほど人間に期待をしていなかったことのあらわれで、それだけ宵子が特別だったことの証明だった。

「でも、なにも知らない子を殺すことにためらいはないわけ？」

「なにも知らない、か」

「朝日ちゃんと宵子さんは、同じ魂を持っていたとしても、別の人間でしょ？」

「……俺がそんなに優しい男じゃないことは、お前が一番よく知っているだろう？」

白夜が低い声でそう言うと、達久は「そうかなぁ」と困ったような笑みを浮かべた。

達久が、朝日を殺すことに反対しているのは知っていた。

だからこそ、この屋敷に留まっていることも。

きっと達久は、人を殺すのがだめだから白夜を止めたいんじゃない。人道がどうとか、倫理がどうとかを押しつけたいんじゃない。白夜はきっと朝日を殺しても何も思わないだろうし、罪という観点でいうのならば、本当ならば死んでいたはずの、もっと言うなら戸籍があるのかどうかわからないような朝日が死んでも、知っている人間の口を塞げばなんの問題もないし、表沙汰になるような話ではないからだ。

だから単純に、達久は友人が人を殺すのを見たくないだけなのだろう。

けれど、その願いは叶えてやれそうにもなかった。

長年一緒にいる達久にだって、きっとわからない。理解できない。

一つの身体の中に、二つの記憶が、思い出が、人生があるという苦しみを。

『黄泉還り』として生まれてきた孤独を。

(宵子が裏切らなかったら、俺はこんなことにはならなかった)

故に、この物語を始めた宵子を恨んだ。それは朝日に出会うずっと前からだ。

白夜の身体に眠る大蛇は、裏切られたことを恨んでいたけれど、白夜は白夜で自分が『黄泉還り』になってしまった原因として宵子のことを恨んでいた。

だから、こんな風に恨みを返せる相手が、長年の仇《かたき》のようなやつがそばにいて、なにもしないなんてあり得ないのだ。

(たとえ、朝日がなにも知らないのだとしても――)

「それよりもどうするの?」

再び思考に割って入ってきた達久の声に、白夜は「なにがだ?」と素っ気なく返す。

「朝日ちゃんのこと。幸せにしてから殺すんでしょう？　今のままだと、ただのお手伝いさんって感じだけど」

なぜか楽しそうにそう言われ、白夜は陰鬱な表情のまま彼から視線を外した。

「また考えておく」

◆　◇　◆

「ということで、今日からよろしくお願いします！」

そう頭を下げると、「まあ、白夜様がいいと言ったのならいいですけれど……」と、スズは渋々ながらも朝日のことを受け入れてくれた。

最初の仕事はもう夕食も近いということで、炊事だった。

スズが管理している炊事場は、思っていた以上に広かった。寺脇家の炊事場も結構な広さがあったが、ここはその倍はあるだろう。それにもかかわらず、隅々まで掃除が行き届いている上に、整理整頓もなされており、初めて入った朝日にもどこに何があるのかが一目瞭然だった。

スズは朝日に割烹着《かっぽうぎ》を手渡しつつ、先ほどの表情とは一転、どこか嬉しそうに頬を引き上げた。

「では、朝日様のお手並み拝見ですね」

「は、はい！　頑張ります！」

勝手の違う炊事場に戸惑っていたのも最初だけだった。十年間、ほとんど毎日食事を作っていた朝日の身体は、自分でも驚くぐらい滑らかに動いた。

スズの考えた今晩の献立は、ご飯と春菊の味噌汁、精進揚げに里芋の煮っ転がしだった。品数が多いのは、きっと真央への歓迎の意味もあるのだろう。

「朝日様、本当にお上手ですね」

精進揚げを作っている手元をのぞき込まれつつスズにそう言われ、朝日はじわりと頬を染めた。褒められるということに慣れていない朝日は、声を詰まらせながら「ありがとうございます」と返す。

「本当に手先が器用なんですね。感心しました！」

「手先が器用ってわけでは。炊事は、その、普段からしていたので……」

「普段から？」

疑問形になったスズの言葉に、朝日ははっとした。もしかすると、スズは朝日のことをいいところのお嬢さんだと勘違いしているのかもしれない。確かに、こんなところにお嫁に来るのは、家事や炊事とは無縁の名家のお嬢さんだけだろう。

朝日は手を動かしながら「えっと」と「あの」を繰り返す。

そうしてようやく言葉を選び終えると、か細い声を出した。

「私は、その、スズさんが考えてらっしゃるような立場の人間ではないんです。小さな村で暮らしていた、ただの平民で。村から追い出されて困っているところを、白夜様に助けてもらったんです」

それどころか一週間前までは名乗る名前も持ち合わせていませんでした……とは卑屈が過ぎるかと思い口には出さなかった。しかし、それですべてを悟ったのだろう、スズは目尻に皺を寄せ、柔和な笑みをこちらに向けてくる。

「朝日様にわけがありそうなのは、スズだって知っていましたよ」

「え？」

「だって、主人がいきなり何の説明もなく女の子を連れて帰ってきて、いきなりその子と結婚すると言い出したんです。どうしてその子が何のわけもないなんて思えましょう。しかも、そのときの朝日様、白無垢を着てらしたんですよ。これはもう、只《ただ》事《ごと》じゃないなって思いましたね」

「それは、たしかに……」

「しかも、憔悴《しょうすい》しきっているのか、丸一日眠りっぱなしで全然起きてこられないですし。その上、達久様まで来られて白夜様と喧嘩《けんか》まで——って、これはただの愚痴ですね」

スズはそう言って苦笑を漏らす。

「正直なことを言いますとね、スズは誰でもいいんですよ。どんな方でもいいんです。白夜様が自ら選んで連れて帰ってきてくれたということが大事なのです。それに、どちらかと言えば安心しました。今まで名家のお嬢さんを祝言の最中に拐かしてきたのかと思っていましたからね。……あ、でも、祝言の最中ではあったんでしょうか？」

「い、いえ！　あの白無垢は、成り行きで着ていただけで！」

「それならば、スズにはもうなにも思うところはありませんよ。炊事や家事ができるということは利点であっても欠点ではありません。それどころか、こうやって手伝ってくださっているんですもの。感謝しかありませんよ」

「スズさん……」

「だから、そんな不安そうな顔をしないでください」

そう言われてはじめて、朝日は自分の表情を知った。そして、その理由も。

朝日はスズに真実を告げて嫌われてしまうのが怖かった。目覚めたときから優しく声をかけてくれて、なんやかんやと世話をしてくれた彼女に、がっかりされるのが恐ろしかったのだ。

「私はね、こんな年齢ですが、自由恋愛って素敵だと思っているんですよ」

「自由恋愛、ですか？」

「身分違いだって良いじゃないですか。どういう理由から始まろうが関係ないじゃないですか。白夜様は朝日様と結婚すると仰いました。スズにとってはそれが全てですよ」

なにも言っていないのに、すべてを知っているような顔をして、スズはまたおっとりと微笑んだ。いや本当は、スズは全てを知っているのかもしれない。全てを知っているのに知らないふりをして、朝日たちの嘘に付き合ってくれているのかもしれない。

「それに、案外そういうところから恋は始まったりするものですよ」

「恋、ですか？」

「恋は元来見つけるものではなく、落ちるものですからね。いつだって突然です」

これまでの朝日にとって『恋』は遠い言葉だった。

存在は知っているけれど、見たことはなく。感じたことも、そばにあったこともない言葉。生きるのに精一杯で、頭に思い浮かべることさえもしなかった言葉。

（でも、いつか私も誰かのことを特別好きになって――）

その感情に『恋』と名前をつけるのだろうか。そんな日が、来るのだろうか。

そして、その相手は白夜なのだろうか。

まだ、なにもわからない。断片も摑めていない感情なんて、想像もできない。

（けれど、もしそうなったら幸せなのかもしれないわね）

だって、嫌われるのも嫌うのもあんなに辛いのだ。だから、その真逆の感情ならば、きっと自分に幸福をもたらしてくれるに違いない。胸を温かくしてくれるに違いない。

その相手が白夜ならば、恋に楽しさだって覚えるのかもしれない。

想像だけの恋心に唇を緩ませていると、隣でスズの優しい声がした。

「それにしても、本当に美味しそうにできましたね。こんなに頑張って作ったんですから、皆さんに美味しく食べてもらえるといいですね」

朝日の脳裏に、白夜から初めてもらった『美味しい』が蘇る。

この食事は彼の口に、みんなの口に合うだろうか。

(合えばいいな……)

手間のかかっていない干し柿であれだけ嬉しかったのだ。一人で作ったわけではないけれど、この料理を褒められたら、きっと、もっと心が弾むだろう。

そんな未来を想像して朝日の口元は自然と緩んだ。

——のだが。

「いらない」

朝日とスズが作った夕食を前に、真央は一言そう言い放った。

総欅作《そうけやきづく》りの座卓の上には、スズと朝日が作った食事が並んでおり、白夜と達久はもうそれぞれ席に着いている。そばには、朝日とスズも座っていた。

あまりの言いように達久が「真央」と、彼女を窘《たしな》めるような声を出すが、真央は唇をとがらせたままふいっと顔を背けた。

「だって、この夕食、あの女が作ったものなんでしょう！　食べたくないわ。何か別のものを出してちょうだい！」

「そういうわがままを言うな」

「わがままじゃないわ！　あんな女が作った料理なんて、なにが入っているかわからないじゃない！　私は、怖くて食べられないって言ってるのよ！」

「真央！」

「それなら、食べなかったらいいだけの話だ」

兄妹の会話に割って入ったのは、白夜だった。

彼は顔を向けることなく目だけで真央を見ながら、さらに冷たくこう言い放つ。

「真央。改めて言っておくが、俺はお前と結婚する気はない。それは朝日がいてもいなくても同じことだ」

「でも！　お父様とおじさまは――！」

「俺は了承してない」

ぴしゃりと放たれた白夜の言葉に、真央は悔しそうに唇をかみしめる。ぎゅっと握り締めた拳が、何かに耐えるように小刻みに震えていた。

そんな真央のことを正面から見ることもなく、白夜はさらに言葉を続けた。

「だから、あまり朝日に当たるな。……いい加減、怒るぞ」

「怒るぞって、もう、怒ってるじゃない」

「それはお前が――」

「知らない！　知らない！　知らない！」

白夜の言葉を遮るように真央はそう叫んだあと、立ち上がる。

「真央！」

「とにかく、私は食べない！　そんなものを食べるぐらいなら、なにも食べない方がマシよ！」

それだけ言い残して真央は部屋から出て行ってしまった。

朝日は慌てて彼女を追おうとしたのだが、白夜に腕を引かれ止められてしまう。

「行かなくていい」

「で、でも……」

「一食ぐらい抜いても死にはしない」

「そうだよ。今のは完全に真央のわがままだからね。放っておいて」

兄である達久にまで『放っておいて』と言われているのに追いかけるわけにもいか

ず、朝日は浮かしかけていた腰を再びその場に下ろした。

白夜は、朝日が座ったことを確認したあと、座卓の上の料理に視線を滑らせた。

「それよりも、君の食事はどうした？　もう食べたのか？」

「え？　えっと、部屋で取ろうかと思いまして……」

「まだ、身体の調子が悪いのか？」

「そういうわけじゃないのですが！　その、お、畏れ多いと言いますか……」

何と答えるのが正解かわからず、朝日はもじもじと膝頭をすりあわせる。

スズからは『皆さんと一緒に食事を取りましょう』と誘われていたのだが、朝日はそれを固辞していた。白夜にも言ったように、彼らと同じ卓を囲むのが畏れ多かったからだ。それに、朝日は今まで誰かと一緒に食事を取ったことなどない。何か無作法があってもいけないし、そうでなくてもきっと緊張してしまう。

（こんな居候の身で、ちゃんとした食事を用意してもらうのも申し訳ないのに……）

そう思いながらうつむいていると、白夜の呆れたような声が耳に届く。

「スズから聞いていないのか？　うちはできるだけ全員で同じ卓を囲み、同じ膳を食べる。それは、もちろんスズもだ。昨日までは体調が悪いのだろうと思っていたから無理にとは言わなかったが、料理をする元気があるのならば、食事だって問題ないだろう」

「そ、それは……」

「早く準備してこい。先に食べるぞ」

「は、はい！」

白夜の言葉に、朝日は追い立てられるように部屋をあとにした。

そうして、おずおずと盆にのった食事を運んでくると、用意されていたのは白夜の隣の席だった。

（ど、どうしましょう）

朝日は白夜の隣で小さくなりながらじっと自身の食事を見つめる。彼女以外の人間はもう食事を始めているのに、朝日は手に箸を持つこともなく固まってしまっていた。

そんな様子を見かねてか、白夜が声をかけてくる。

「やはり食欲がないのか？」

「いえ！　そんなことは！　ただ、白夜様の隣ということに緊張してしまい……」

「緊張？　以前もこうやって並んで一緒に干し柿を食べただろう？」

「そのときとは状況が違うと言いますか……」

「どう状況が違うんだ」

心底不思議そうにそう問われ、朝日は視線を泳がせる。

「あのときは白夜様が華族だということは知りませんでしたし……」

「華族だからなんだと言うんだ。俺は干し柿を一緒に食べたときから華族だし、それからなにも変わっていない」

「それは、そう、ですが……」

「とにかく、俺が気にするなと言っているんだから、気にするな。できれば出会ったときのように気さくに接してくれ。あまり畏《かしこ》まられると、こっちもどうしていいのかわからなくなる」

「気さく……」

朝日は白夜の言葉を繰り返しつつ困惑の表情を浮かべる。

そもそも、白夜と最初に話していたときだって朝日は緊張していたのだ。確かに、今ほどは畏まってはいなかったかもしれないが。しかし、それを気さくにだなんて、ますますどうすればいいのかわからない。

朝日の困惑顔が面白かったのか、向かいに座る達久がからからと笑う。

「そうそう。気さくでいいんだよ。白夜って気難しそうに見えるだろうけど、まあ、実際に気難しいんだけど。お手伝いさんと食卓を囲もうってぐらいには身内に優しい男だしさ！」

「達久……」

「ははは。あと、僕のことも『辰城様』じゃなくて『達久』でいいよ。ほら、今は真央もいるから『辰城』って呼ぶとややこしくなっちゃうだろうし」

「それじゃ、達久様と……」

「様もいらないんだけどね。でもまあ、今は難しいかな」

そんな会話をしていると、スズがぱんぱんと両手を打ち鳴らした。

「ほら、皆さんしゃべってばかりいないで、お食事を進めましょう。せっかく今晩は朝日様が手伝ってくださったんです。お料理が冷めてしまってはもったいないでしょう」

使用人としては過ぎるその言葉に、達久は気分を害すことなく「そうだね」と笑って食事を再開した。白夜も隣で黙って箸を進める。

朝日はそんな彼らを見回したあと、ようやく箸を手に取った。そうして、里芋の煮っ転がしを箸で半分に割り、口に入れる。瞬間、里芋の自然な甘さと砂糖と醤油《しょうゆ》の甘辛さが口の中に広がり、朝日は思わず口元を押さえた。

「……おいしい！」

「ね？　美味しいよね。僕、スズさんの里芋の煮っ転がし好きなんだよね」

「うふふ。そう言っていただけると作りがいがありますね」

「味噌汁は、いつもと少し味が違うが、これも美味しいな」

「あら、白夜様。それは朝日様が作られたんですよ。ね、朝日様？」

「は、はい！」

いきなり話を向けられて、朝日が飛び上がる。

同時に、白夜の『美味しい』がようやく身にしみて、頬がじわじわと熱くなった。

なんだか、嬉しさよりも恥ずかしさが勝ってしまって、手にじわりと汗が浮かぶ。

「でも、こんな美味しいのに、真央はもったいないことをしたなー」

「一応、あとで部屋の前に食事を持っていっておきますね」

「ごめんね、スズさん」

「問題ありませんよ。私も、せっかく作ったんですから食べていただきたいですし」

「そういえば、達久――」

そこから会話に花が咲く。

穏やかに、時には笑いを交えながら進む食事風景を、朝日はぼぉっと、見つめていた。時折こちらにも会話が振られ、呆けながらもなんとか返すと、その言葉を受けて、またわっと会話が盛り上がる。

きらきらしていた。

目の前の景色が、どうしようもなくきらきらしていて、手を伸ばせば触れられる距離にそれらがあるのが、どうしても信じられなかった。

笑顔で話しかけてくれる人がいて、穏やかに言葉を受け止めてくれる人がいて。

(同じものを食べて、美味しいねって——)

そう言ってくれる人がいて。

まるで夢のような光景だった。いや、もう何度も夢に見すぎて、あまりにも求めすぎて、叶わないことに絶望しながら諦めてしまった夢だった。

こんなこと、もう一生叶わないのだと思っていた。

(なのに——)

「どうしたんだ?」

不意にのぞき込んできた白夜に、朝日は「え?」と顔を上げた。すると、達久もスズも何かに気がついたような表情になり、急に慌て出す。

「え!? 大丈夫?」

「どこか痛いのですか?」

「なにが——」

そう瞬《まばた》きをした瞬間、目元から何かが零れる感覚があった。ぽたりと机の上に落ちたそれは、先ほどの光景が形を取ったのだろうかと一瞬錯覚してしまうぐらい、丸くて、透明で、きらきらとしていた。

「ご、ごめんなさい! 私——!」

朝日は両手で顔を覆う。悲しくなんて少しもないのに、むしろ感動していただけだというのに、目からはぽろぽろと絶え間なく涙が零れ落ちる。

こんな感覚は初めてだった。哀《かな》しみや苦しみや寂しさ以外で零れる涙を、朝日はこのとき初めて知った。

心配そうにのぞきこんでくる三人に、朝日は目元を必死に拭いながらできるだけ明るい声を出す。

「だ、大丈夫です！　ちょっと埃が目に入ってしまっただけで、その！　――えっ⁉」

ひっくり返った声を出してしまったのは、隣に座る白夜が目元を拭ってきたからだった。彼の持っている手巾《ハンカチ》にじわりと朝日の涙が染みを作る。

朝日はそれを見て慌てたように声を上げた。

「あ、あの！　汚れて――」

「こんなのは汚れたうちに入らない。それに、手巾などこういうときに使わなくて、いつ使うんだ」

「それはそう、なのですが。でも、なにも私なんかの涙で汚さなくても――」

「そういう言い方は好きじゃない」

「え？」

「『私なんか』なんて使うな」

突き放すようでいて、優しい響きを持った言葉に、朝日は思わず口をつぐんだ。

「自分を卑下する言葉は、君のことを思っている人間に失礼だ」

「白夜様の言うとおりですよ、朝日様」

「誰だって自分が気に入っているものを貶《けな》されたら、嫌だもんね」

白夜に加勢するようにスズと達久もそう言って笑う。

その温かい雰囲気に、朝日はもう一度こみ上げてくるものがあった。しかし、今度はそれを下唇を噛んで押し殺す。

だって、こんなに泣いていたら、幼子みたいじゃないか。

「とにかく、わかったな？」

「……はい」

そう頷くと、最後のひとしずくを手巾で拭われた。

そのときに少しだけ触れた白夜の指先に、朝日の頬はさらに熱くなる。

白夜は手巾を懐にしまうと、再び箸を持つ。それに倣うように朝日も箸を持とうとしたのだが、何か思い出したかのような白夜の「ああ、そういえば」に、思わず手を止めてしまった。

「明日は暇か？」

「暇……というか、スズさんのお手伝い以外には用事はありませんが」

「それなら、明日は出かけるぞ」

「え？　あ、……はい？　いってらっしゃいませ」

朝日がそう言いつつ頭を下げると、途端に白夜は変な顔になった。渋面と言うほどではないが、眉をひそめているその表情は、どこか不機嫌そうに見える。

白夜の表情の意味がわからず朝日が首をかしげていると、彼は短い息を吐きだした。

「君も行くんだ」

「へ？」

「俺はいま、一緒に出かけようと言っているんだ」

瞬間、朝日の時が止まった。

白夜がなにを言っているのかわからない。いや、正確には言葉の意味は理解できるのだが、飲み込めない。

なにがどうしてどうなって、一緒に出かけるという話になるんだろうか。

混乱する朝日に、さらに追い打ちをかけるように、達久が笑いながら口を開く。

「あ。それって、もしかしてデエトのお誘い？」

その言葉に、朝日は赤くなるよりも先に、これでもかというほど青くなるのだった。

第三章

そして、翌日——

「こ、これが、汽車！」

目の前で規則正しく蒸気を排出させる真っ黒な車体を見上げながら、朝日はそう慄《おのの》いた。巨大な生き物のようなそれは、腹に響くような駆動音を常に響かせている。

白夜と朝日がいるのは、巳月家別邸の最寄り駅だった。

朝日の隣にいる白夜は、目の前の汽車よりも目を輝かせる彼女を物珍しそうに見つめている。

「もしかして、汽車に乗るのは初めてか？」

「は、はい！　見るのも初めてです！　話には聞いたことがあったのですが！」

朝日が興奮を隠せない様子でそう言うと、白夜の口角がわずかに上がった。しかし、それでなにを言うわけでもなく、彼は客車の方につま先を向ける。

「朝日、乗るぞ」

「は、はい！」

朝日は白夜の後ろに慌ててついて行く。

そうして後方の『イ』と書かれた車両に足を踏み入れた。

客車の内装は、思っていた以上に豪華だった。ニスの塗られた木目の美しい車内に
は昼間であるにもかかわらずガス灯が煌々《こうこう》と灯っており、車両の側面に沿って配置さ
れている座席は座り心地がよく、足下は広々としている。

朝日は促されるように白夜の隣に腰掛けると、そわそわとあたりを見回した。

（ほ、本当にこんな大きなものが動くのでしょうか……）

そんなことを心配している間にも客はどんどん乗り込んできて、座席の三分の一ほ
どが埋まったあたりで、外にいた車掌が扉をしめる。

そしてゆっくりと、それでいて力強く車両が動き出した。

「う、動いた！　動きました！　動きましたよ、白夜様！」

「動くものなんだから、当たり前だろう」

「すごいです！　どんどん速くなっていきます！」

窓の外を見つめながら、まるで幼子のように朝日ははしゃぐ。

そんな彼女を、白夜は止めるでもなく見守っていた。

窓の外の風景は見たこともない速さで、朝日の目の前を通り過ぎていく。

「楽しいか？」

「はい！　楽しいです！」

しかし、そんな風に明るく返せたのもそこまでだった。

突然、巨大な動物の咆哮《ほうこう》のようなものが、朝日の耳に飛び込んできたのだ。

プォォォォォ――

そのあまりの大きさに、朝日は飛び上がり、椅子からずり落ちそうになる。そんな彼女の身体を支えたのは隣にいる白夜だった。彼は力強い腕で、朝日の身体を元の位置に戻し、腰を支えた。同時に、ふわりと優しくて甘い香りが鼻を掠《かす》める。

「今のは汽笛だ。心配しなくてもいい。大方、踏切でもあったんだろう」

「す、すみません」

朝日は知らぬ間に白夜にすがりついていた手を慌てて離し、俯《うつむ》いた。同時にかすかな笑い声と「かわいらしいわね」「汽車は初めてなのかしら」という話し声が聞こえてきて、羞恥で顔が熱くなる。

(私ったら、なんて子供っぽい真似《まね》を……)

穴があったら入りたいというのはこのことで、隣から聞こえた「気にするな」という白夜の言葉が、かえって朝日の頬をさらに熱くさせた。

それからも汽車は線路を走り続けた。田んぼや畑が多かった郊外を抜け、川に架かっている橋を渡る。そうして、トンネルを越えると――

「わぁ」

先ほどとは打って変わって建物が密集している場所に出た。

明らかに住宅ではないだろう背の高い建物もたくさん建っており、車窓から人が見えるわけではないが、街の活気というものをひしひしと感じる。

朝日が窓の外を見ながら密《ひそ》かに興奮していると、白夜がいつもより小さな声でこちらに話しかけてくる。

「そういえば先ほどから気になっていたんだが、君はそんな着物を持っていたか？」

「ああ。これ、ですか？　これは、スズさんが貸してくださったんです」

「スズが？」

「娘さんに買ってあげたものらしいのですが、柄がちょっとハイカラすぎるからとあまり袖を通してもらえなかったらしく。ちょうどいいから着て欲しいと……」

朝日が着ていたのは洋花《ようばな》の着物だった。色自体は水色なので派手というわけではないのだが、洋花というだけで従来の着物が好きな人は敬遠してしまうかもしれない。

「化粧もそのときにしてもらったのか？」

「あ、はい！　化粧道具まで持ってきていただいて……」

今朝のスズの張り切りようを思い出し、朝日は苦笑をこぼした。

当の本人よりも気合いの入った彼女に、あれやこれや世話をされるのは正直申し訳なかったが、それ以上に嬉しいという気持ちもあった。親のいない朝日にとって、こうして世話を焼いてもらうということは、初めての経験だったからだ。

じっと見下ろしてくる白夜の視線に、朝日は不安げな声を出す。

「も、もしかして、見苦しかったでしょうか？」

「いや。よく似合っている」

まっすぐにそう言われ、朝日は思わず息を止めてしまった。

ただの世辞だとわかっているのに、どうしようもなく狼狽《うろた》えてしまう。

「もしかして、その髪飾りもスズから借りたのか？」

そう言って白夜が視線で指したのは、朝日の髪をまとめている銀でできたかんざしだった。先端には銀細工で作られた花があり、中心には真珠が輝いている。少しくすんでしまっているが、いいものだということは一目でわかる品物だった。

朝日は、自分の頭を飾るそれに一度手で触れた後、首を振った。

「これは、元々持っていたものです」

「そうなのか？」

「はい。私が持っている物の中で、唯一価値があるものなんです。今までは、合うような着物も持っていなかったし、傷もつけたくないので身につけなかったんですが。今日ならいいかなって……」

「そうか。いいかんざしだな」

「はい。ありがとうございます」

そう頭を下げると同時に、朝日はふと、白夜に自分のことをなにひとつ話していないことに気がついた。おおよその年齢や性別などは見た目でわかるだろうが、それ以外の情報——例えばどんなところで生きてきたのかとか、どうして白無垢で川に落ちることになったのかなど、彼はなにひとつ聞いてこない。

朝日に興味がないのだとしても、一時でも屋敷に置こうとするならばもうちょっとなにか質問のようなものがあってもいいはずだろう。

(だけど、なんとなく白夜様は全部知っているような気がするのよね)

何か確信があるわけではないが、朝日は不思議とそんな気がするのだった。

それから十分ほど走り、さらに路面電車に乗り換えたあと、二人はようやく目的の場所にたどり着いた。

「さ、ついたぞ」

「……すごい!」

朝日は目の前の光景に息をのんだ。

言うなれば、そこは建物の森だった。村の中では見たことがなかった背の高い建物がいくつも建ち並び、広い道路には路面電車が行き交っている。往来する人々もみんな活気があり、洋服を着ている女性も多く、街が全体的に華やかだった。

朝日が目の前の光景に呆けていると、いきなり白夜に腕を引かれた。前につんのめるような形で白夜の身体にすがりつくと、直後、朝日の後ろを車が通り過ぎる。

「あぶないぞ」

「あ、ありがとうございます」

「気をつけろ。あまりぼーっとしていると怪我をする」

そう注意されて、朝日は白夜から身体を離しつつ「すみません」と項垂れた。

汽車に乗ったときから思っていたが、なんだか今日はだめだめだ。

妙に舞い上がってしまっている。

「ほら、行くぞ」

「あ、はい！」

落ち込んでいる朝日の様子に気がついているのかいないのか、白夜は歩き出した。

そんな彼の背中に、朝日は駆け足でついていきつつ、話が出たときから疑問に思っていたことを聞いた。

「あの。そういえば、今日はどうして街に出て来られたんですか？」

達久はデエトだのなんだの茶化していたが、この外出はそうではないだろうと朝日は思っていた。だって、デエトというには白夜の誘い方は淡泊だったし、そもそも二人はそういう仲ではない。

しかしそれならば、白夜が朝日を誘った理由がなにかあるはずだ。

(私は、荷物持ちでもすればいいのかしら)

連れ歩いても得になるような容姿をしていない上に、学も教養もなく、常識も薄い朝日にできることなどそれぐらいだ。

白夜はちらりと朝日を見たあと、口を開く。

「今日は買い物でもしようと思ってな」

「あ。やっぱりそうなんですね！　任せてください！　力仕事は得意ですから！」

「……また何か勘違いしているな？」

朝日の言葉に、白夜は振り返りつつ呆れたような声を出した。

「今日は君の身の回りのものを買いに来たんだ」

「私の？」

「ああ。スズに言って一通りは揃えてもらったが、あれだけだと心許《こころもと》ないだろう？　そろそろ春用の着物だって必要だろうし――」

「そ、そんな、もったいないです！　私なんて、いつまでお世話になるかわからないのに！」

その言葉に、白夜の横顔がわずかに息をのんだ気配がした。

「君は、屋敷を出ていくつもりなのか？」

「それは……」

「もしかして、出て行きたい理由でもあるのか？」

「ち、違います！」

朝日は慌てて否定する。

出て行くつもりなのかと問われれば、それは白夜次第なのでわからないが、出て行きたいのかと聞かれれば答えは否だ。

今の環境は、村に——寺脇家に世話になっているときに比べれば天国だ。みんな優しいし、人として扱ってくれるし、朝日のことを否定することなく、居場所を与えてくれる。そんな場所を自ら手放したいと思うわけがない。

それに、朝日が自ら出て行ったとして、今更どこへ行く当てがあるというのだろうか。朝日にはどこにも頼る人間がいない。親には捨てられているし、親戚はいるのかどうかわからないし、村の外に知り合いなんてものもいない。

朝日の否定に、白夜はなぜか安堵したような声を出した。

「それなら、ずっとうちにいればいいだろう」

「それは、そう、ですが……」

「なにか不満なことでもあるのか？」

「不満はありませんが……」

「ないが？」

「……白夜様は、なんでこんなに優しくしてくださるんですか？」

その言葉が口から出て初めて、朝日は自分がそれを疑問に思っていたことを知った。

そうだ、前からおかしいと思っていたのだ。

どうして白夜は、自分を助けてくれたのだろう、と。

なぜ居場所まで与えてくれるのだろう、と。

「私は、白夜様にそこまでしてもらえるようなことはなにもしていません」

命を助けたまでは、死にゆく人間をそのままにしておけなかったのだろうと想像できるが、居場所を与えてくれたのは親切にしては過ぎるような気がする。

それに、白夜は朝日を屋敷に留めおくために『婚約者』という嘘までついているのだ。朝日だって、華族の結婚の重要性はなんとなくだがわかっている。今ついてくれている嘘は、それを邪魔するもののはずだ。

「知っている者が困っていたら、誰だって手を貸すだろう？」

白夜の言葉に、朝日は「でも……」と俯いた。

確かに、そのときにはもう二人には面識があったが、しかしたった一度、一時間だけ話した程度のものだ。その程度で困っている人間を助けていたら、今頃あの屋敷は朝日のような人間であふれかえっていることだろう。

過ぎた親切は恐ろしい。

白夜のことを疑いたいわけではないが、村での生活が朝日に警戒心を与えていた。

そんな朝日の表情をどう取ったのか、白夜はそれからしばらく黙っていた。何の感情も表さない彼の表情は何かを考えているようにも、迷っているようにも見える。

ややあって、彼は重い口を開いた。

「君は『黄泉還り』というものを知っているか？」

「よみ、がえり、ですか？」

「俺は昔、君に世話になったんだ」

「むかし？」

昔とはいつのことだろうか。まさか出会ったばかりの頃を『昔』と表現しているわけではあるまい。とすれば、朝日は以前に白夜に出会っていたということになるが、朝日にはそんな記憶なんてものはなかった。

困惑する朝日の手を、白夜が取る。

「こんなところじゃ話しにくいな。とりあえず、どこか入るか」

そうして、引きずるように連れてこられたのは、近くのミルクホールだった。

漆喰《しっくい》の白壁に焦げ茶色の家具が並ぶ店内はそこまで広くなく、日当たりも悪くない。

朝日と白夜が店内に入ると、二人掛けの円卓に通された。そばには同じような二人掛けの円卓がもう三つと、四人掛けのテーブルが二つ。カウンターもあり、そこには新聞を読んでいる男性もいた。

街に出るのが初めての朝日は、もちろんミルクホールに入るのも初めての経験だったが、店内の様子や出されたミルクセーキなどにはまったく目が行かなかった。なぜなら、白夜の話の方が、より彼女の興味を引いたからだった。

「私の前世……ですか？」

「まあ、そう表現するのが適切だろうな」

白夜がしてくれたのは、朝日がまったく予想していない方向の話だった。

「えっと。つまり、白夜様は十二支の記憶と魂の一部を持って生まれてきた『黄泉還り』というもので。その記憶の中で、私の前世の人間に借りがあり、そのときの借りをいま返そうとしている……と？」

「まあ、まとめるとそういうことだな」

そう頷いて、白夜は珈琲《コーヒー》を口に運び、一息つく。

朝日はそんな彼を見つつ、困惑の表情を浮かべていた。

正直、信じられる話ではない。だって、朝日は今まで前世なんてものを意識したことはないし、考えたこともなかったからだ。輪廻転生《りんねてんしょう》という考え方があるということは知っているけれど、それはどこか遠い世界の人間が信じている思想で。

(私の前世が宵子って人で、大蛇が祀られている社の巫女だった……とか)

けれど淡々と話す白夜は、どうにも嘘をついているようには見えない。

「それじゃもしかして、崖から落ちた私を助けてくださったのも、偶然ではなかったということでしょうか?」

「ああ、君に出会ったあと、達久に調べてもらっていたんだ。あいつはそういうことが得意だからな。――それで、あの生け贄の儀式を知った」

やはり、白夜は朝日のことを調べていた。朝日のことを聞かなかったのも、村のことを知ろうとしなかったのも、全部把握していたからだ。なにも言ってないのに出てきた『生け贄の儀式』という言葉がその証《あかし》である。

「まあ、君にとっては突飛な話だからな。信じなくてもかまわない」

「い、いえ! そんな!」

「無理をしなくてもいい。もし俺が君の立場なら信じられそうにないしな。そもそも信じないだろうと思っていたからこそ、最初はなにも言わなかったのだから」

「そう思っているのならば、どうしてそんな話をしてくださったんですか？」

「このままだと、君が出て行ってしまいそうだったからな」

「え？」

「私は君に前世の恩を返したいと思っている。なのに、いま出て行かれたら恩を返せないまま終わる。それは、困るからな。……それに、信じられるかどうかは置いておいて、理由がわからないということは恐ろしいことだろう？」

その言葉に、白夜の気遣いを感じた。

きっと彼は朝日の不安を取り除くためにこの話をしてくれたに違いない。一歩間違えば、変な人間だというそしりを受けてしまう危険性だってあったにもかかわらず、彼は朝日の心の平穏のために言わなくてもいいことを言ってくれた。

もうその優しさだけで、わずかに持ち上がっていた不信感が消えていく。

「お話はわかりました。しかし、その、私にはそういった記憶がなくて。人違いってことはありませんか？」

「ない。それは断言できる」

「断言……」

「触れて、目が合った瞬間にわかった。君は彼女の生まれ変わりだ。間違いない」

(触れて、目が合った……?)

そのとき、朝日の脳裏に蘇るものがあった。

あれは、白夜と初めて会った日の別れ際のことだ。

社から去ろうとする白夜に、朝日は話を聞いてくれたお礼にと干し柿を渡した。すると、今度は彼が首にしていた襟巻きを外し、朝日に巻いてくれたのだ。

(それで、私は襟巻きを返そうとして……)

白夜の背中を追いかけ、木の根に躓いた。傾いだ身体を抱き留めてくれたのは白夜で、朝日はそのとき初めて白夜のビードロのような水色の瞳を間近で見たのである。

(あのとき、なんだか全身に衝撃が走って、鼓動が早くなって)

むせかえるほどの猛烈な懐かしさが胸にこみ上げてきた。

もしかしてあれと同じような感覚が、白夜にもあったのだろうか。いや、彼の言葉から察するに、きっと朝日よりももっと何か確信めいた感覚があったに違いない。思い返せば、抱き留められた直後の白夜の表情は、驚きと困惑でいっぱいだった。

「とまあ、話はそれだけだ。信じるも信じないも君に任せる」

「し、信じます」

そう発したのは無意識で、そのあとにも口は自然と言葉を紡いだ。

「こんなことで白夜様が嘘をつく必要はないですし、もし嘘をつかれるのだとしても、もうちょっとわかりやすい嘘をつきますよね？」

あんな前世や『黄泉還り』なんて言葉を出さなくても、学もなく、常識も薄い朝日を騙すことは白夜からすれば簡単なことだろう。それを彼がしなかったというだけで、信用できるような気がした。

「私が不安そうにしていたから話してくださったんですよね？　ありがとうございます」

朝日がそう深々と頭を下げると、白夜は彼女から視線をそらした。「いや……」と言葉を濁す彼の表情はなにを考えているかわからない。

「白夜様？」

「……ほら、せっかくのミルクセーキが薄くなるぞ？」

話を切り替えるように白夜はそう言う。彼に促され、朝日は自分の前に置かれた硝子の器を見た。

淡い黄色の液体が入っているそれは、先ほどよりも多くの汗を掻いている。

「わ、わわ！　本当だ！」

朝日は焦ったように麦稈《ばっかん》のストローを手に取り、ミルクセーキに差し入れた。瞬間、中に入っている氷がカランと涼しい音を立てて器の中で踊る。飲み物に氷を入れて冷たくしているなんて、あまりにも贅沢で飲むのにも少しためらいが生まれてしまうが、このままだと白夜の言うとおりに氷が溶けてせっかくのミルクセーキが薄くなってしまう。そっちの方がもったいない。

朝日はストローに口を付ける。正直に言うなら、ストローというものを使うのも、初めてだった。朝日はどれぐらい吸えば飲み物が上がってくるのかよくわからないまま、しばらくストローと格闘した後、ようやく一口目を吸い上げる。

そして、大きく目を見開いた。

「美味しい！」

舌に広がる牛乳と卵の優しい甘さに、思わず背筋が伸びた。まろやかで濃厚な砂糖の甘みに、緊張と疲れが一気に吹き飛ぶようだった。

白夜はそんな朝日を見つつ、穏やかに微笑んだ。

「それを飲んだら、改めて買い物に行くぞ」

◆◇◆

朝日を外出に誘ったのは、彼女の生活に必要なものを揃えたいという表向きの理由のほかに、とりあえず買い物をさせておけば彼女は喜ぶんじゃないかという打算的な思惑があった。

それはもちろん、朝日を殺すための下準備で。けれど——

「こ、こんな高価な反物《たんもの》なんていりません！　着物なんて古着屋で十分です！」

結局、その思惑は実らなかった。

見ていた反物を買うかと勧めただけで先ほどの反応だ。そのほかにもいろいろなものを勧めてみたりもしたのだが、反応はどれも同じ。跳びあがり、恐縮し、要らないと首を振る。どうやら、朝日は物を与えられて喜ぶということはないようだった。これならば、汽車に乗せたときやミルクセーキを飲ませたときの方がまだ喜んでいたように思う。

（人を喜ばせるというのは存外難しいものだな……）

自分の空回り具合に、白夜は溜息が出そうになる。

先日だってそうだ。なにもさせなければ、寺脇家で虐げられていた分だけ家事や仕事から遠ざけて日がな一日好きなことをさせていれば、朝日は喜ぶと思っていた。

けれど結局、朝日は働くことを選び、休んでいたときよりもいきいきとしている。

今朝だって、出かける前だというのにスズと楽しそうに朝餉を作っていたし、掃除もしていた。

（そういえば、母も働くのが好きな人だったな）

今朝の朝日の様子が、思い出の中の母の姿と重なる。

全てが壊れる前、白夜が壊してしまう前、彼女は本当に働き者で優しい人だった。

なのに――

『気持ちが悪い！　気持ちが悪い！　気持ちが悪い！』

『やめて！　近づかないで！』

『どうして私が、私が……』

彼女は変わってしまった。自分のせいで、この忌まわしい呪いのせいで。

『白夜のお腹《なか》にあの白い蛇がいるの。全部、全部、私が切り離してあげる』

自分を産み落としてしまったせいでおかしくなってしまったあの人は、最期の最期まで白夜を愛そうとして、愛そうとして、結局愛しきれずに死んでしまった。

もしかしたら自分は、あのときから一歩も前に進めていないのかもしれない。

心は取り残されたまま身体だけが大人になり、今に至っているのかもしれない。

だってあの日以来、心から笑えたためしがない。


「わぁ。すごく綺麗！　この刺繍《ししゅう》、私でもできるでしょうか……」

並べられている半襟を見ながら朝日が「すごいすごい」と頬を桃色に染める。

そんな彼女の肌には傷がたくさんついているという。白無垢を着替えさせたスズがそう言っていた。やけどの痕もいくつかあり、けれどそのどれもがつい最近ついたものではないらしい。

彼女はきっとあの村で、それらの傷をつけられたのだろう。

世話になっていたという寺脇家の人間に、従っていた村の住民に。

そんな目に遭っておいて、彼女はまだ楽しそうに笑うことができる。

自分にはできないそれらをやってのける彼女がまぶしくて、白夜は目を細めた。

「強い、な」

「へ？　何か仰いましたか？」

「いや」

白夜はそう首を振り、胸に浮かんだかすかな後ろめたさを見ないふりをした。

◆◇◆

結局、朝日たちが家路についたのは、夕方になってからだった。

二人は再び路面電車と汽車に揺られたあと、駅から屋敷まで歩いて帰る。

それなりに距離があるので辻車《つじぐるま》にでも乗ろうかと提案されたが、朝日はそれを恐縮しつつ断った。

（だって、今日一日で、なんだかとてつもない贅沢をしてしまったような気がするんだもの……）

朝日は今までお金とは無縁の生活を送ってきた。もちろん村にいたときだってお使いに行ってこいとお金を渡されたことはあったので、硬貨や紙幣を見たことがないとまでは言わないが。それでも自分の財産としてのお金なんてものは持ったことはなかったし、自分のものを買うなんて経験を朝日は今までしたことがなかった。

そんな彼女にとって、今日の体験は本当に贅沢で、贅沢で、贅沢すぎて。それ故に白夜がこれ以上自分のためにお金を使うのはどうしても耐えられなかったのだ。

（それに少しだけ……）

今日という日をもう少しだけ長引かせたいという思いもあった。

こんなに楽しかったのは、覚えている限りでは初めてだ。着飾って出かけたのも、汽車や路面電車に乗ったのも、街に出たのも、ミルクセーキを飲んだのも、全部全部初めてすぎて、振り返れば全てが瞬きの間に消えていくようだった。辻車に乗ったら今日という日がもっと早く終わってしまうような気がして、だから、乗りたくないという思いもあったのだ。

だって今日は、二人で道を歩いているだけなのに、こんなにも楽しい。

「結局それだけしか買ってないいんだが。本当に良かったのか？」

「はい！　もちろんです！」

朝日は白夜の隣を歩きながら元気よく返事をする。彼女は両手で抱えるようにしながら風呂敷を持っていた。大きさの割には軽そうなそれの中には、藍色の毛糸が八玉ほど入っている。

「というか、本当はこれだって私が買うべきなのに、持ち合わせがなくて、本当にすみません」

「それは気にしなくてもいい。たいした金額じゃなかったからな」

「でも、いつかお金を稼げるようになったら、こちらはきちんとお支払いしますね！」

「期待しないで待っている」

そんなことを話している間に、二人は屋敷の前につく。

そうして門をくぐろうとしたところで、声をかけられた。

「二人とも、お帰り！」

声のした方を見れば、微笑む達久がいた。

彼は自身の愛車の前で片手をあげている。

「達久様！　ただいま帰りました」

「うん、お帰り。お出かけは楽しかった？」

「はい！　とっても！　私、汽車に初めて乗りました！　あと、ミルクセーキというものも、初めて！　あとは——」

「ふふふ、楽しかったのならよかったね。でも、土産話はまた今度聞かせて。今日はいまからちょっと用事があってさ」

「どこか行くのか？」

「うん。……というか、白夜もだよ。陛下からのお呼び出しだ」

「慶心《けいしん》様から？」

そう言うとともに、白夜の眉間に皺が寄った。彼の表情は、嫌そうというよりは迷惑そうといった感じに見える。

「今月はまだ報告していなかったでしょう？　そろそろ顔見せろってことじゃない？」

「まあ、定期的に忠義は見せておけってことだろうな」

「そういう意地悪なことを言わないの。不敬だよ」

達久はそう苦笑いを浮かべたあと、朝日に身体を向けた。

「ってことで、ごめんね、朝日ちゃん。白夜借りてくね！」

「あ、いえ！　はい！」

「何事もなければ夜には帰る。といっても皆が寝入っている時間だろうから、今日の夕食はスズととってくれ」

「真央がまだへそ曲げていたら、また部屋まで運んでおいてくれると助かるよ」

「わかりました！」

朝日がそう返事をすると、白夜は面倒くさそうに逵久の車の助手席に乗り込んだ。

彼の後ろ姿に朝日ははっと何か思い出したような表情になり、車に駆け寄った。

「あ、あの、白夜様」

「どうかしたか？」

「起きているうちにお帰りにならないなら、言っておこうと思いまして！」

朝日の急な引き留めに、白夜は少しだけ首を傾げる。

「今日はありがとうございました！　すごくすごく、楽しかったです！」

「そうか」

「はい！　また白夜様のこと教えてくださいね」

「…………君が楽しかったのはそこなのか？」

朝日の言葉が予想外だったのか、白夜の表情が渋いものへと変わる。

朝日は慌ててかぶりを振った。

「汽車に乗ったことも、路面電車に乗ったことも、ミルクホールに連れて行ってもらったことも、全部全部楽しかったし、面白かったです！　でも、やっぱり白夜様のことを教えてもらえたのが、一番嬉しくて。もしよかったら、今度は子供の頃の話とかもお聞きしたいです」

「俺の子供の頃の話なんて、なにも面白いことはないぞ」

冷めたような白夜の声に、朝日は目をしばたたかせたあと、ほころぶように笑んだ。

「それなら、おそろいですね」

「……」

「白夜様？」

「また、考えておく」

達久は運転席の扉を開けるとともに「じゃあ、行ってくるね」とこちらに向かって片手をあげる。朝日はそれに「いってらっしゃいませ」と頭を下げた。

そうして車が走り出す。車が見えなくなるのを見送ってから、朝日は門をくぐった。

玄関までたどり着くと、扉が開く音を聞きつけたのか、スズが駆け足でやってくる。

「朝日様、お帰りなさいませ。楽しかったですか？」

「あ、はい。とっても」

「まぁまぁ、たくさんお買い物されてきたんですね」

「ああ、これは――」

朝日が風呂敷の中身を説明しようとしたとき、視線の隅に人が立っているのが見えた。そちらに顔を向けると、真央がいる。彼女の視線は昨晩よりも鋭くこちらを睨みつけていた。

朝日は真央に向き直ると、深々と頭を下げた。

「真央さん、ただいま帰りました」

真央は朝日の言葉に応えることなく、その場からいなくなってしまう。

（やっぱり、嫌われているわね……）

朝日がそう困ったように眉尻を下げると、スズが「そういえば」と口を開いた。

「門の前でお聞きになったと思いますが、本日は白夜様も達久様も晩ご飯はいらないそうですよ」

「あ、聞きました。陛下に呼び出されるって、十二宗家の皆さんってやっぱりすごいんですね」

「十二宗家の皆様は生まれながらに不思議な力も持ってらっしゃる方もいて、陛下から直々にお役目をいただいてらっしゃる方も多いんですよ」

「不思議な力、ですか？　達久様や白夜様にもそういう力が？」

「あるみたいですよ。ただ、スズはどういう力なのかは存じ上げないのですが」

スズはこの屋敷に勤めて長いように見えた。屋敷の中を熟知しているし、白夜にも気さくに接しているからだ。そんなスズが見たことのない不思議な力というのはどういうものなのだろうか。それほど他人に見せたくない力なのか、それとも見てすぐわかるような不思議な力ではないのか。

（『黄泉還り』の話を聞いたからかしら。なんだか、ちょっと気になってしまうわね）

「では、お夕飯ができたら、お呼びしますね」

「あ、私も着替えたら手伝います！」

「まぁまぁ、お疲れでしょう。今日はよろしいんですよ」

「そういうわけには！　これだけよくしていただいているのに、お手伝いしないのも心苦しいので！」

「朝日様は働き者ですねぇ」

スズはそう言うと、「それでは炊事場でお待ちしておりますね」と踵を返した。

朝日はそんな彼女の背中に軽く頭を下げ、自室にと宛がわれている部屋を目指す。

あの様子だと、急がなければ全部スズがやってしまいそうだ。

そうして、慌てて部屋に戻った朝日だったが、自身の部屋の前でとある人物を見つけ、廊下の真ん中で足を止めてしまう。

「随分楽しそうだったわね」

「まお、さん？」

確かめるように名を呼ぶと、真央は背中を預けていた柱から身を離し、こちらに向き直った。こちらを見つめてくるその表情は、先ほどよりも陰鬱に見える。

朝日はおそるおそる口を開いた。

「えっと、何かご用でしょうか？」

「今日は貴女にこれを渡したかったの」

「これ？」と朝日が首をひねるよりも前に、分厚い封筒がどさっと朝日の足下に投げられた。どうするのが正解かわからず狼狽えていると、「拾いなさいよ」と命令される。

朝日は不審に思いながらも足下にある封筒を手に取った。

そうして中を見て、息を詰める。

「これ——」

中に入っていたのは束になった紙幣だった。何枚あるのかは定かではないが、相当な金額だというのは手に持った厚みだけでわかる。

「それをあげるから、さっさとここから出て行ってちょうだい」

「え？」

「どうせ、金目当てでここに潜り込んだんでしょう？　今日だって白夜に散々買い物させて。どうやって取り入ったか知らないけど、それあげるから、とっととどこかに消えてちょうだい！」

いきなり言われたことに頭が追いつかず、朝日はしばらく封筒を持ったまま固まってしまっていた。しかし、こちらを睨みつけるような視線にはっと我に返り、朝日は真央に慌てて近寄り、突き出すようにして封筒を返した。

「あの、こちらはお返しします」

「はぁ!? もっとよこせって言うの? 浅ましい女ね」

「そ、そういうことではなく! 私は、白夜様に出て行けと言われれば出て行きます。いつだって、出て行くつもりです。ですが、その……」

「なによ。私の言葉じゃ聞く気になれないってこと? それともなに? 白夜は貴女にそんなことは言わない、とかとでも言いたいわけ?」

「そういう話でもなくて……」

　このまま会話を続けていても、どんどん悪い方に解釈されていくような気がする。けれど、このまま無視をするというのもできない相談で、朝日は俯いたまま視線をさまよわせた。

　そんな朝日の態度が気に入らなかったのか、真央の興奮は冷めるどころかどんどん熱くなっていく。

「貴女、もしかして本当に白夜と結婚できると思っているの!? 自分が白夜に釣り合うと? 身分違いにもほどがあるわよ! 貴女、どこまで私たちを馬鹿にすれば気が済むわけ!?」

「わ、私じゃ釣り合わないことは重々承知で――」

「わかっているなら、さっさと出て行ってよ!」

「いたっ！」

そう声を上げてしまったのは、突然真央に髪を引っ張られたからだった。しかし、真央の目的は朝日の髪ではなく、髪を飾っていたものだった。

朝日は真央の手にある自身のかんざしを見て、悲鳴を上げる。

「か、返してください！」

「なによ！　どうせこれだって、白夜に買ってもらったものでしょう！　似合わないのよ、貴女なんかには！」

そう言って、真央は廊下に並んでいる硝子のはまった格子戸を開けた。

そして、大きく振りかぶる――

「あっ！」

きらりと一度だけ輝いて、かんざしは庭の方へ飛んで行ってしまう。そうして、すぐに背景に溶けて見失ってしまった。

朝日は履物を履くのも忘れ、足袋のまま慌ててそれを追いかけた。

庭に出てあたりを見回す朝日を見て、真央が馬鹿にしたような声を出す。

「なによ、必死になって。そんなにあれ、高かったの？」

朝日はその声に応えることなく、周りを見渡した。膝をつき、地面に這いつくばるようにして探すが、目立つ色ではなかったためか、なかなか見つからない。

そのとき、視界の端にいた雀《すずめ》が、地面から飛び立った。朝日の視線は自然とそれを追って上に向く。そうして――

「あった！」

かんざしを見つけた。

それは鯉の池の脇に立っている紅葉の枝に引っかかっていた。枝は池の方にせり出していて、今にもかんざしは池へ落ちてしまいそうに見える。

（落ちたら、見つからないかもしれない……！）

池の水深は朝日の太ももあたりで、濁っているわけではないが、底まで明瞭に見えるわけでもない。さらには川の水でも引っ張ってきているのか流れもある。このまま池に落ちてしまったら流れてしまってそのままなくなってしまうかもしれない。

朝日は紅葉の木に駆け寄り、右手で木を摑んで、身体を支えるようにしながら左手でかんざしに手を伸ばした。幸いなことに高いところに引っかかっているわけではないので、朝日が必死に手を伸ばせば届きそうな距離にある。

「ちょっと！　なにやってるのよ！　池に落ちるわよ！」

まさか朝日がそこまで必死になるとは思っていなかったのだろう、真央が焦ったような声を出す。しかし、朝日はそれを無視して必死にかんざしへと手を伸ばした。

「ちょっと！　聞いているの!?　落ちたら、怪我するわよ！　こんな日に水に落ちたら、風邪だって！」

「わかっ……て、います」

「わかっているなら――」

「でもあれは、証、だから……！」

「は？　証？」

「私にだって、両親がいたんだって――」

そのとき、指先に銀の飾りが触れ、朝日はさらに腕を伸ばした。そうして、人差し指と中指の先で飾りをつまんだ瞬間――

「――っ！」

足下が滑った。身体が傾いで冷たい水の中に落ちる。

先に沈んだ頭が、池の底に勢いよく当たり、口から空気の塊が漏れた。

『ちょ、ちょっと！　スズさん！　スズさん!!』

意識が途切れる直前、朝日は水の中で真央の焦ったような声を聞いた気がした。


――身体が熱い。

目を覚まして、最初に思ったことがそれだった。見上げる先にはもう見慣れた天井。

隣からは、ぱちぱちという火鉢で炭を燃やす音が聞こえる。

部屋の中はもう真っ暗で、ぼんやりとした橙色の灯《あか》りだけがあたりを照らしていた。

朝日はゆっくりと首を巡らせて火鉢の方を見た。それと同時に額の上に置いてあった手ぬぐいがぼとりと布団の上に落ちる。

「起きたか？」

「……や、さま？」

声をかけてくれたのは、白夜だった。彼は朝日の寝ている布団の隣に文机《ふづくえ》を引っ張ってきて、そこで本を読んでいる。部屋の中を照らしている橙色の光は文机の上に置いてあるランプの灯りのようだった。

最初は呆然《ぼうぜん》としていた朝日だが、白夜がパタンと本を閉じた音で我に返り、慌てて布団から跳ね起きようとした——のだが、

「起きなくていい。熱があるんだ。安静にしていろ」

そう白夜に両肩を押されて、半ば無理矢理布団に戻された。

「なにがあったのかは、真央とスズに聞いた」

淡々と、けれどどこか申し訳なさそうに告げられた言葉に、朝日はどうして自分が布団の上に寝ることになったのかを思い出した。

どうやら、池の底で頭を打ったことが原因で気を失っていたらしい。

自分の身体をよく見てみれば、着物は着替えさせられており、まとめていた髪の毛

もほどかれていた。水気もほとんど残っていないので、きっとスズが着替えさせるついでに手ぬぐいで拭いてくれたのだろう。

（スズさんに悪いことをしてしまった……）

一度ならず二度までも、着替えをさせてしまうなんて。それに、池に落ちたときに着ていた着物だって、スズからの借り物だ。どのような状態になっているかわからないが、少なくとも汚してしまったことは確かだろう。

朝日が落ち込んでいると、再び白夜の声が落ちてくる。

「悪かった。真央はすぐにあちらに戻す」

「え？」

「達久とも話をつけた。今日はもう遅いからすぐにとはいかないが、明日には――」

「そ、そんなことはしないであげてください」

まさか朝日から止められるとは思わなかったのだろう、白夜は思わずといった感じで口をつぐんだ。その間にも朝日は必死に言葉を紡ぐ。

「真央さん、本当に白夜様のことが好きなんだと思います。だから、その分勢い余ってしまっただけというか！　池にだって私が勝手に落ちてしまっただけですし。私のことを助けてくださったのだって、真央さんですよね？」

「それはそう、だが……」

「なら、許してあげてください。出て行けなんて、白夜様の口から言わないであげてください。私は、平気ですから」

朝日の言葉に白夜はしばらく困ったような表情を浮かべていた。しかし、彼女の真剣な表情に、何か思うところがあったのだろう、彼は諦めたように息をつく。

「許すも許さないも、君が決めることだ。俺が何か被害を被ったわけじゃないからな。ただ、いいのか？　真央はまた君を――」

「大丈夫です。真央さんは、本当は優しい方でしょうから」

性格は苛烈だが、真央の端々に見えるのは、やっぱり優しさだった。

白夜のことを心配してここに来た経緯もそうだし、朝日が飛ばした洗濯物が顔に当たったときも、彼女は少しも怒りはしなかった。かんざしを取ろうとした朝日を止めようともしてくれたし、池に落ちたあとに助けてくれたのも真央である。

「言っておくが、君のそれは優しさではないぞ？」

「わかっています。これは、私のわがままです」

朝日は、できれば人が傷つくところを見たくない。それがどんな人間だろうと。

他人の手についた切り傷を見て、自分の手が痛むように。人の辛い顔を見ると、こちらまで辛くなってしまうからだ。これまでの経験が、共感を生んで、痛みを思い出し、一緒に傷ついてしまうのだ。

だから先ほどの願いは真央のためのようでいて、真央のためではない。

突き詰めれば朝日のわがままだった。

白夜はしばらく黙っていたが、やがて何かを諦めたように溜息を吐き出した。

「君の意見はわかった。とりあえずあとで、真央と達久の意見を聞くことにする」

「よろしくお願いします」

そう頭を下げるように軽く首を動かしたときだ。ふと、朝日は何かが足りないことに気がついた。そして、すぐにその足りないものに思い至る。

「ぁ、かんざしがない！」

「かんざし？　ああ、君が大切にしていたやつか。残念ながら池に落ちたみたいだな」

「池に!?」

朝日は布団をはねのけて、立ち上がろうとした。しかし、熱で弱った身体は、思ったように動かない。その上、白夜にも手首を掴んで止められてしまう。

「なにをしているんだ！」

「だって、かんざしが！」

「かんざしが大切なのはわかるが、そこまで――」

「だって、だって！　あれはお母さんの、かんざし、で……」

「……お母さんの？」

朝日は布団の上にしゃがみ込んだ。身体に力が入らなくなったのだ。

そうして顔を覆う。

「あのかんざしは、両親が残していった荷物の中に入っていたものなんです……」

朝日を捨てる際に両親が置いていった風呂敷。その中には当時の彼女が着ていただろう子供の着物が入っていたのだが、その着物と着物の間に隠すようにして、一つだけ大人のものも入っていた。それが、あの銀製のかんざしだったのだ。

朝日はそれを、自分を捨てる前に母が間違えて入れてしまったものだと考えていた。

「別に、両親が残そうと思って残していったものではないと思います。だけど、あのかんざしは、あのかんざしだけは――」

自分にだって母親がいたという証拠だった。両親がいたという、裏付けだった。

なんにもない、どこにも行けない自分の、たった一つの宝物。

甘えたい気持ちのよすがだった。

「だから、私はかんざしを探さないと――」

朝日はもう一度身体に力を入れる。しかし、やっぱりうまく立ち上がれない。

白夜は朝日の肩を持ち、無理矢理布団に寝かしつけた。そして先ほどよりも幾分か固い声を出す。

「君は寝ていろ」

「でも！」

「……とにかく、寝ていろ。それ以上熱が上がったらどうする？　それに、こんなに暗かったら探せるものも探せないだろう？」

朝日はそこで初めてもう日が暮れていることに気がついた。部屋がこれだけ暗いのだから本当はもうちょっと早く気がついてもよかったのだが、いろいろなことがありすぎてそこまで頭が回らなかったのだ。

確かに夜になっているのなら、池の底なんてさらえない。

それに、日中よりも池の水は冷たくなってしまっているだろう。

（でも……）

時間が経てば経つほど、かんざしは流れていってしまうかもしれない。池はそれなりに広いし、流れもあった。あの紅葉の木の付近からさほど離れていない今の方がどちらかといえば探しやすいのではないのだろうか。

「とにかく、いま無理はするな」

「……」

「黙って部屋から出たら怒るからな」

「……はい」

考えなどすべてお見通しだというようにそう釘をさされ、朝日は力なく頷いた。

白夜は、立ち上がり、背を向ける。

「おやすみ」

「はい。おやすみなさいませ」

白夜が出て行き、一人部屋に残された朝日は、布団の中で膝を抱えるようにして小さくなった。だって、小さくなっていないと、硬くなっていないと、悲しさに押しつぶされてしまいそうだったからだ。

無くしてしまった。たった一つの宝物を。自分のよすがを。

でもわかっている。そのかんざしがよすがになっていることが、かんざししかよすがにできないことが、自分が捨てられたという何よりもの証であることを。

「かんざし。つけていかなければ良かったなぁ……」

そう呟いた声は、涙に濡れていた。

自分はなにをはしゃいでしまっていたのだろうか。

初めての外出で、本当はすごくすごく楽しみで。だからこそ夜が眠れなくて。

それで、判断を誤った。

今日ぐらいはつけてもいいかもしれないと、思い切ってしまった。

村にいたときは、澄子に壊されてしまわないようにずっと隠していたのに。

（あぁ、馬鹿みたいだ）

きっとこれは、分不相応にはしゃいでしまった罰なのだろう。

ここに来てから優しくて、楽しいことばかりが積み重なっていく毎日だったから、少しだけいい気分になっていた。もしかすると、このまま幸せになれるのではないかと、穏やかな日々が過ごせるのではないかと勘違いしていた。

きっとそのしっぺ返しが今頃になってやってきたのだろう。

(これからは、またちゃんとおとなしくしていよう)

朝日は久しぶりに息を止める。

そうしていると、頭がだんだんとぼけていって、心がゆっくりと死んでいく。

そうしてなにもかもが遠くなって、現実が薄くなっていく。

(朝になったら、また探そう。それまでは……)

熱が出ているせいかまぶたが重い。

それは眠気というより、気を失う前の朦朧《もうろう》さに近い気がした。

朝日はそのまま意識を手放した。

◆◇◆

「どこへ行くの？」

そう呼び止められたのは、白夜が朝日の部屋を出てからすぐのことだった。灯りのついていない暗い廊下を振り返れば、そこには予想どおり、達久がいる。彼は人好きのする笑みを口元に浮かべたまま、ゆっくりとこちらに歩み寄ってくる。

「そっちは玄関だけど、今から外出？」

「まあ、少しな」

「もしかして、朝日ちゃんのかんざしを探してあげるの？」

「……聞いていたのか？」

「たまたまね。わざとじゃないよ。ちょっと朝日ちゃんの様子を見に行こうかと思ったら、先に白夜がいたからさ。そのまま立ち去るのもどうかと思って。それに、真央も気にしていたからさ」

「気にするぐらいなら、あんなことしなければ良かったんだ」

「厳しいね」

「……厳しくもなる」

「まあ、そうだよね。あんな話を聞いたらね」

その言葉を聞くに、達久はどうやらほとんどの話を廊下で立ち聞きしていたようだ。

達久はさらに言葉を続ける。

「それで、今から水の中に入ってかんざしを探してあげようって？　この寒い日に？」

「今からの方が見つかりやすいだろう。幸い月明かりもあるからな」

「ねぇ、白夜。それもさ、殺すための下準備？」

その問いの答えは決まっているはずなのに、なぜか一瞬言葉に詰まってしまった。

「……当たり前だ」

なんとかそれだけ答えて、白夜は達久から視線を外し玄関に向かう。そうして、上がりかまちを降りて下駄《げた》を履いた。戸を開けると、痛いほどの冷たい風が頬を撫《な》でる。

「いってらっしゃい」

そんな風に送り出す友人を一瞥してから、白夜は扉を閉めた。

静かな廊下に質量を感じてしまうほどの沈黙が落ちる。

「お前さ、ホント似合わないよ。誰かを殺すとか」

達久は池の方に向かう友人に、硝子戸越しにそう語りかけた。

◆◇◆

日差しがまぶたを焼いて、朝日は目覚めると同時に夜が明けたことを知った。

「あさ……朝!?」

勢いよく起き上がれば体調は随分と良くなっていて、朝日は慌てて布団から飛び出た。夜着から着替えるのももどかしく、朝日はそのままの姿で部屋から出ようとした、のだが――

「わわっ！」

襖を開けた瞬間、目の前に壁が現れた。

朝日は飛び出した勢いのまま壁にぶつかり、尻餅をつく。

「――った」

「大丈夫か？」

そこにいたのは白夜だった。

彼は座り込む朝日に視線を合わせるように、その場で膝をつく。

「体調は良くなったのか？」

「あ、はい！ 問題ありません！ なので、今からかんざしを探しに行こうかと！」

「それは、もう必要ない」

白夜の端的な言葉に、朝日は一瞬、息を詰まらせた。膝の上で拳をぎゅっと握りしめて、朝日は言葉を選ぶ。

「そ、その！ 白夜様からすればたいしたものではないのかもしれませんが、あれは私にとっては大切なもので、だから――」

「そういうことが言いたいんじゃない」

「え？」

「君が探していたのは、これじゃないのか？」

そう言って朝日に手渡されたのは紫色の手巾に包まれた何かだった。

朝日は手巾と白夜を交互に見た後、おそるおそる包みを解いた。

そして、息を詰める。

「――これ！」

「朝の散歩に出たときに落ちていたのを見つけたんだ」

そこにあったのは、朝日がなくしたはずの銀色のかんざしだった。花の意匠も中心についている真珠もそのままである。

朝日は信じられない面持ちでかんざしをまじまじと見つめてから、白夜に顔を向けた。

「それでよかったんだろう？」

「そう、です」

たどたどしく頷くと、白夜はどこかほっとしたような表情になる。

朝日はそんな白夜を呆然と見つめていた。

そうしていると、朝日はふと白夜の髪の毛がわずかに湿り気を帯びていることに気がついた。もしかすると、朝風呂にでも入ったのかもしれない。

（でも、どうして……）

昨晩朝日の下へ来た白夜はもう夜着を着ていて、湯浴《ゆあ》みは終えたのだろうといった様子だった。それに、これまで一緒に過ごしてきて白夜が朝風呂に入ったところなんて見たことがない。

そんな白夜がどうして今日に限って朝風呂に入ったのか。

なにか汚れるようなことでもしたのだろうか。

そもそも、池に落ちたはずのかんざしがどうしてここにあるのだろうか。

（もしかして――）

「もしかして、このかんざしを探すために池に入ってくれたんですか？」

考えるよりも先に発せられた言葉に、白夜はわずかに驚いたような表情になる。

その表情に、朝日はすべてを察した。

「いや――」

「ありがとうございます」

白夜の否定の言葉を遮って、朝日は深々と頭を下げた。

「別に、たいしたことはしていない」

困惑したような声で告げられた遠回しな肯定に、朝日は何かを耐えるように、かんざしをぎゅっと握りしめる。

「……私、いつか迎えに来てくれると思ってたんです」

口からあふれたのは、誰にも聞かせたことがない朝日の弱さだった。

「白夜様は知ってらっしゃるのかもしれませんが、私は昔、両親に捨てられたんです。でも、小さい頃はそういうの全然信じられなくて。私はちょっと預けられているだけだ。良い子にしていたらお母さんは、お父さんは、私のことを迎えに来てくれるんだって、信じていたんです。だってほら、みんなにはいるのに、私にだけ頭を撫でてくれる人がいないなんて思わないじゃないですか。だから、私、良い子にしていたんです。澄子様にどれだけ無茶を言われても、一臣様や千代様に怒られて殴られても、村の人から無視をされていても。ずっと、ずっと、良い子で、待っていたんです。……でも、誰も迎えに来てくれなくて」

なぜか、そこで笑ってしまう。別に面白い話をしているわけではないとわかっているのだけれど、あの頃の自分がどうにも滑稽に思えたのだ。

「三年かかりました。捨てられたんだって理解するまでに。私はいらない子だったんだって理解するのに、三年かかったんです」

それは絶望するには、一人で生きていくのだと決心するのには、十分な時間だった。

「それからは、良い子でいるためじゃなくて、また捨てられないようにするために働いていました。働いていたら、言うことを聞いていたら、その人にとって価値のある人間になれるんじゃないかって思って。家族に捨てられたのなら、家族のように想ってくれる人を作りたいと思って、がむしゃらに……。でもまあ、結局誰からも必要とされずに、あっけなく捨てられてしまったんですが」

まるで本当のボロのように、崖の上からあっけなく捨てられた。放られた。村の人たち全員に、いらないと判を押されてしまった。

また苦笑が浮かぶ。今度はどういう表情をすればいいのかわからなかったから。

「すみません。話がずれましたよね。……そんな生活の中でも、やっぱりたまには両親が恋しくなることがあったんです。同じ年齢の子供が両親の胸に飛び込んでいくのを見ると、うらやましくてたまらなくって。……顔も覚えていない癖にって感じですよね。でも、やっぱり越えられない夜っていうのがあって。そういうときはこのかんざしを握りしめて寝ていたんです。これは、私に両親がいたって唯一の証拠だから、記憶にないけど、捨てられてしまったけれど、もしかしたら、生まれたときぐらいは祝福してくれたかもしれない両親がいたって証拠だったから」

生まれ落ちた一瞬だけは、誰かに「良かった」と思われていたと思いたいから。

「私にとって、このかんざしは、両親そのものだったんです。だから、本当に、ありがとうございました」

そう言って深々と頭を下げると、なぜか白夜が息を吐く。

「そうか。ようやくわかった」

重々しい沈黙を破るように告げられた言葉に、朝日は「え？」と顔を上げる。

「君がどうしてそんなに頑《かたく》なに働こうとするのか、その理由が、だ。もちろん、置いてもらって申し訳ないという気持ちもあるんだろう。働いていないと落ち着かない、それも確かに理由ではあるんだろう。でも、本当の理由はそこじゃない」

水色の瞳。

「君は、未だにずっと捨てられるのが怖いんだな」

そう、まっすぐに見つめられて、息をのんだ。

たじろいでしまったのは、心を見透かされたような気持ちになったからか。

白夜は朝日の手を掬《すく》うようにして持ちあげる。そうして、まるで壊れ物を扱うかのように、冷たくなった指先を温めるかのように、握りしめた。

「大丈夫だ、朝日。俺はお前のことを捨てはしない」

「なん――」

「君が恐れるようなことはなにもない。なにも起こらない」

その言葉に、こみ上げてくるものがあった。

握った拳が、唇が、身体が、震えて――

「なんで、そんな、優しいことばかり言ってくれるんですか？」

声まで震えた。

「私、ここに来てから泣いてばかりです」

感情の塊が頬を滑る。それらを目の前にいる彼に見られないように俯くと、大きな手が頭に乗った。そのままゆっくりと撫でられた。

『いいなぁ……』

幼い頃の朝日が、力なく呟く。

思い出の中の彼女の視線は、両親に頭を撫でられる村の子供に釘付けになっていた。

脳裏に浮かんだその光景にまた涙があふれて、すがるように白夜の着物に手を伸ばせば、背中に手が回される。

それから、朝日が泣き終わるまで、白夜はずっと背中を撫で続けてくれた。

◆　◇　◆

『大丈夫だ、朝日。俺はお前のことを捨てはしない』

そんな白夜の声を柱の陰で聞きながら、達久は頭一つ以上に小さい妹を見下ろした。

真央は口をへの字にしたまま俯いている。その目元が潤んでいるのは、白夜の言葉に衝撃を受けたからか、それとも立ち聞きしてしまった朝日の過去に自分がしてしまったことを後悔したからか、それはわからない。

「……謝れなかったね」

「兄様、うるさい！」

そう言いながら、真央は洟《はな》をすする。

朝日に謝りたいと言い出したのは、真央からだった。苛烈で、思い込みが激しくて、人の言うことをきちんと聞かない彼女だが、その心根は心底優しいことを達久は知っていた。けれど、これはもういろんな意味で謝れる雰囲気ではない。二人の邪魔をするのも本意ではないし、あの場に達久と真央が行くのも場違いだろう。

達久は真央を連れてその場をあとにする。何の気なしに庭に出れば、数歩後ろで真央が弱々しい声を出した。

「白夜は、本当にあの女と結婚する気なの？」

「さあ」

首をかしげたのは、本心からだ。

朝日を引き取ったばかりの白夜は、本当に彼女を殺してしまいそうな危うさがあった。眠っている朝日を見つめる目はどこか冷ややかだったし、常に親切には接しているけれど、その優しさには血は通っていないような気がしたからだ。

けれど今はそんな気配もすっかり薄れてしまっているように感じる。

それどころか、むしろ――

「じゃあ、あの子はあのことは知っているの？」

思考に割って入るようにそう問われ、達久は「あのこと？」と首をかしげる。

「白夜のあの姿のこと！」

「それは……」

「知らないのよね？　……それで、結婚とかあり得ないわよ」

「朝日ちゃんがここに住むようになって、まだ一ヶ月も経ってないんだよ？」

「そんなの関係ないわよ！」

真央は誰かに聞こえることもいとわず叫ぶ。

「あれがなかったら！　白夜の隣にいたのは私だった！」

「真央！」

真央は踵を返し、走り去って行ってしまう。

達久はそんな彼女の後ろ姿を見つめることしかできなかった。

◆　◇　◆

わずかに春の陽気が感じられるようになった、三月上旬――

「朝日様、あちらのザルも持ってきていただけますか？」

「あ、はーい！」

朝日はすっかり慣れてしまった炊事場から抱えるほどの大きなザルを持って、外へ出る。こちらに来たばかりの頃に比べればすっかり春らしくなったが、それでも外気温はまだまだ低く、風は冷たい。


朝日が白夜の胸で泣いてしまった日から数週間が経っていた。

あれから真央は達久とともに謝りに来てくれて、今では仲良く……とまでは言いがたいが、それなりに過ごしている。真央から積極的に話しかけてくることはないが、食事は一緒に食べるようになったし、たまに話しかけられたり、用事を頼まれたりすることもある。心境は複雑なのか笑顔を見せてくれることはないが、それでも敵意を感じることもなくなった。

（本当は、真央さんともうちょっと仲良くしたいのだけれど……）

朝日はザルを持ったまま屋敷の方を振り返る。

真央は日中、部屋に籠もって勉強をしている。どうやら真央は女学校を休んでここに来ているようで、戻ったときにみんなについて行けるようにと今から頑張っているらしい。様子を見てたまにお茶を持って行ったりもするのだが、真剣な表情の真央の邪魔をするのも忍びなく、仲良くしたいと思いつつも、結局話しかけられないでいるのが現状だった。

（それにしても、あんな難しい本を読めるなんてすごいわよね）

お茶を差し入れたときに見た、真央の読んでいた本を思い出す。

朝日は一応、文字の読み書きはできるが、しかしそれも日常で困らない程度だ。真央が部屋で読んでいるような分厚い本は、きっと読みたくても読めない。

考えてみれば、真央はまさに良家のお嬢様といった感じだ。

人形のような整った容姿もさることながら、所作の一つ一つも洗練されていて綺麗だし、教養もある。

（本当はああいう人が白夜様の隣に立つんだろうな）

朝日がこの屋敷に来てそろそろ一ヶ月が経つ。白夜はいつまでいてもいいと言ってくれているが、そろそろ潮時だろう。さすがに、これ以上は迷惑をかけられないし、朝日をここに置いておくためだけに冠せられた『婚約者』という名目も、そろそろちゃんとしたしかるべき人に返さなくてはいけない。

真央のような良家のお嬢様に――

そんなことを考えた瞬間、心臓がぎゅっと縮こまり、自然と呼吸が浅くなった。

わかっていたことなのにこんなに傷ついてしまいそうになるのは、きっと、あんな風に優しくされたからだ。

『大丈夫だ、朝日。俺はお前のことを捨てはしない』

わかっている。あんなものは、朝日を慰めるためだけの言葉だ。真に受けてはいけないし、たとえ白夜が本当にそう思っていたのだとしても、それに甘えてはいけないとも思う。

（それでも――）

それでも、あの言葉は今までかけてもらったどの言葉よりも嬉しかった。

（だから、もうちょっとだけ……）

「そういえば、今日は白夜様の夕飯はお作りしなくてもいいですからね」

そんなスズの声に、朝日ははっと我に返った。

耳に入ってきた言葉を遅れて理解し、朝日は首をかしげる。

「白夜様、どこかにお出かけになられるんですか？」

「お出かけ、というか。今日は朔日《さくじつ》ですからね」

朔日というのは、確か月のない夜のことだ。村の人たちが言っていたのを聞いたことがある。確か、生け贄の儀式が行われたのも朔日だった。

「朔日に何かあるんですか？」

「白夜様はその日だけ森の中にある離れに籠もってお過ごしになられるんですよ」

「離れに？」

「はい。白夜様が離れに籠もっておられる間は誰も近寄ってはいけない決まりなんです。なので、今日は森の方には立ち入らないでくださいね。……といっても、朝日様は離れの場所は知らないでしょうけれど」

そう説明してくれるスズに、朝日は「わかりました」と答えつつ、屋敷の裏にある森を見上げた。

（もしかして、十二宗家に伝わる儀式のようなものなのかしら）

そんなことを考えているときだった。

「朝日、なにをしているんだ？」

「ひゃい！」

突然後ろから声をかけられて、朝日は飛び上がった。

おそるおそる後ろを向けば、そこには案の定、白夜がいる。

朝日は頬がじわじわと熱くなっていくのを感じた。なぜだか身体も強ばっていく。

「白夜様、今日は干し野菜を作っているんですよ」

口を開かない朝日の代わりに、スズがそう答えてくれた。

「干し野菜？」

「冬の時期に作っておくと長持ちするんですよ。本当はもう少し早く作りたかったんですが、ここ最近あまり天候がよろしくなかったでしょう？」

そう言ってスズは身体をずらすようにして白夜にござの上にあるザルを見せた。

いくつものザルの上には、いろんな種類の野菜が綺麗に切りそろえられた状態で並んでいる。

「大根やにんじんもそうですが、特に茸《きのこ》類は乾燥させるとさらに美味しくなるんですよ。いい出汁も出ますしね」

「そうか。それはできあがるのが楽しみだな」

「お天気が良かったら明後日《あさって》には干し終わると思いますから、そのときは腕によりをかけた料理を作りますね」

「それはありがたいが、張り切るのもほどほどにな。朝日も、あまり無理をするなよ」

「は、はい！」

急に話を振られ、朝日はひっくり返った声をあげてしまう。

そして、そのまま数歩後ずさった。

「朝日様？」

朝日の過剰な反応に、スズは息をつき首を振った。

あの日から朝日はどうにも白夜との距離を測りかねていた。別に避けているわけではないのだが、一緒にいるとなんだかぎこちなくなってしまうのだ。

脈はなぜか猛烈に早くなるし、身体はほてるし、冷や汗は出るし、そわそわとしてしまう。今日のように心の準備なく会ってしまったときなどは尚更だ。

白夜はそんな朝日の様子を気にする風でもなく「それじゃ、俺はまたしばらく書き物をする。何かあったら呼んでくれ」と言って屋敷に戻っていってしまう。

白夜の背中が玄関に消えてからようやく、朝日は身体を弛緩《しかん》させた。

同時にスズの呆れたような声が届く。

「まったく朝日様ってば、恥ずかしいのはわかりますが、そんなことでどうするんですか？　今日こそ、お渡しするんでしょう？」

「そ、それは……」

朝日は怖《お》じ気《け》づいたような声を出した。

そう。朝日は白夜に渡したいものがあるのだ。

実は、ここ一週間ぐらい、それを渡そうとして渡せない状況が続いている。

渡せない理由は、単純に白夜が度々どこかに出かけていて、忙しそうにしているから機会がないというのもあるのだが、それ以上に、渡そうとすると先ほどと同じような発作が出てしまい、緊張で何も話せなくなってしまうのだ。

それに、白夜がそれを喜んでくれるかどうかも自信がない。

「早くしないと、時期を逃してしまいますよ。ここは私がやっておきますから、行ってきてください」

「で、でも……」

「ほら、早く早く！　でないと白夜様、またお出かけになってしまわれますよ？」

そんな声に背中を押されるようにして、朝日は「そ、それではよろしくお願いします」とスズに深々と頭を下げた。そうして踵を返し、屋敷の方へ向かう。

朝日は自室に戻ると、あらかじめ用意してあった風呂敷を手に取った。

そして、どこか不安そうに呟く。

「こんなもの渡して、変に思われないかしら……」

きっと白夜ならば嫌がらずに受け取ってくれるとは思うのだが、そんなもの朝日の願望であって確証はない。しかしながら、このままずるずると渡せない状況が続くと、スズの言うとおり時期を逃してしまうのも事実だった。

(受け取ってもらえなかったら、受け取ってもらえなかったときよね！)

朝日はそう深呼吸をしてから部屋から出る。すると、目の前に――

「真央さん？」

真央がいた。

彼女はどこか迷うように視線をさまよわせたあと、まっすぐに朝日を見つめた。

その表情は真剣そのものだ。

「迷惑かけるの、これで最後にするから」

「え？」

真央の人差し指が、つん、と、額に触れて、意識に波紋が生まれる。

同時に襲ってきたのは、猛烈なめまいだ。

地面がゆらゆらと揺れて、立っていられない。

崩れた体勢を支えたのは真央で。朝日が気を失う直前、彼女は本当に申し訳なさそうに耳元でこう呟いた。

「ごめんなさい。でも、こうでもしないと貴女を認められそうにないの」

◆◇◆

月に一度だけある、月のない夜。この日だけは、いつも朝から憂鬱だ。

大蛇の呪いが一番強くなる日。

どうしようもないほどに、自分が自分でなくなってしまう日。

翌日の太陽が昇るまで、ずっと誰かに存在を否定されているような気分になる日。

しかも、今月はいつにも増して憂鬱だった。

それはきっと、この屋敷に彼女がいるから——

「真央がさ。朝日ちゃんが、白夜のあの姿を知らないのがずるいって」

達久にそう切り出されたのは、白夜が森に入る直前。屋敷の裏から伸びる山道を登ろうとしたときだった。時刻は十六時半を少し過ぎた頃。あと一時間ほどで太陽が沈んでしまうという時間だった。

白夜は上りかけていた石の階段から足を戻し、身体半分だけ達久に向き直る。

「なにを言っているんだ?」

「自分はあれのせいで白夜との結婚を反故《ほご》にされたのに、知らないまま結婚なんて話になってずるいって」

「……別にあれのせいじゃない。俺は最初から真央と結婚する気なんてなかった。お前の大切な妹を、『黄泉還り』なんかの嫁にさせるわけにはいかないからな」

言うと同時に、幼い頃の真央のひどくおびえた表情が脳裏に蘇ってくる。

「それに、あれは真央が悪いわけじゃない。あの姿を見たら、誰だってああなる。今更、誰かに受け入れてもらおうなんて思っていない」

「それじゃ、やっぱり朝日ちゃんにもあの姿は見せないの?」

「……当たり前だ。なぜ見せる必要がある?」

「だってほら、それは婚約者だし？」

「そんなものは、方便だろう？」

だんだんと苛々《いらいら》してきて語尾が荒くなる。

そんな白夜の様子に気がついていないのか、達久はいつもの調子で話を続けた。

「でも、秘密の共有って、相手の警戒心を解くのに良いらしいよ？　まあ、もう朝日ちゃんは白夜に警戒心なんて持ってないだろうけどさ。でも、やっておいて損はないんじゃない？　いずれ殺すなら、口止めをする必要もないだろうし」

「馬鹿を言うな。殺す前に逃げられたらどうする」

「逃げなかったら？」

「は？」

「朝日ちゃんが逃げないって可能性もあるんじゃない？」

「……そんな人間なんていないだろ」

馬鹿馬鹿しすぎて会話自体が嫌になってくる。

白夜は語調を荒くしたまま無理矢理会話を切り上げた。

「話はそれだけか？　俺はもう行くぞ」

「あ、うん。ごめん、足を止めさせちゃって」

白夜は達久に背を向けて階段を上り始める。そうして中腹まで登ったところで、もう一度「白夜」と呼び止められ、振り返った。

「なんだ？」

「本当に、ごめんね」

白夜がいらだたしげにしていたのがようやく伝わったのだろうか、達久は謝ってくる。しかし、その謝罪には先ほどのことに対するのとはまた別の意味も含まれているような気もした。

白夜は離れに向かう道を歩きながら、先ほどの会話を思い出していた。

『それじゃ、やっぱり朝日ちゃんにもあの姿は見せないの？』

『いずれ殺すなら、口止めをする必要もないだろうし』

『朝日ちゃんが逃げないって可能性もあるんじゃない？』

（そんなわけないだろ……）

白夜は蘇ってきた達久の言葉をもう一度否定した。

自分を受け入れる人間なんていない。自分を産み、愛していたはずの母親でさえも、結局は白夜のことを受け入れられなかった。受け入れられずに、死んでしまった。

白夜は深く息を吐き出す。日が落ちてきたからか、はたまた山の方が気温が低いからか、吐き出した息は白かった。

最近は暖かくなりつつあったのに、もしかすると、寒さが戻ってきたのかもしれない。

(今日に限って、か)

白夜は冷たくなりはじめた指先をぎゅっと握り込んだ。


白夜が初めてあの姿になったのは、七歳の頃だった。

それまで彼はどこにでもいる普通の子供だった。髪の毛も今のように白銀ではなく黒色で、瞳も色素は少し薄めだったが、水色ということはなかった。

そんな白夜に変化が訪れたのは、ちょうど七歳を迎えた日の夜のことだった。

その日、白夜は不思議な夢を見た。

夢の中で白夜は神様とあがめ奉られるような巨大な白蛇だった。

大蛇は近くに住む村の人々と友好的な関係を結んでおり、特にその中の一人の少女と想いを交わしていた。

穏やかな夢だった。とても穏やかで、優しくて、幸せな夢だった。

しかし、そんな穏やかな夢も突如として終わりを迎える。少女が大蛇のことを裏切ったのだ。大蛇は彼女の裏切りのせいで瀕死《ひんし》の重傷を負ってしまう。

『私は決してお前を許しはせぬ。お前が何度生まれ変わろうとも、その魂を探し出し、必ず八つ裂きにしてくれる！』

そんな呪詛を吐きながら、大蛇は死を迎え――

――同時に、白夜は目を覚ました。

起きてすぐは夢で混乱していたこともあり、白夜もなかなか自分の変化に気がつけなかった。気がついたきっかけは、白夜の様子を見に来た母の叫び声だった。

白夜の姿を見た母はこれ以上ない程に取り乱していた。悲鳴を上げて、その場から逃げ出したかと思うと、すぐさま包丁を持って部屋に戻ってきた。そうして刃の切っ先をこちらに向けて、こう、叫んだのだ。

「白夜！　白夜！　どこなの!?　どこにいるの!?　返事をしてちょうだい！」

その言葉で、ようやく母の目には自分が白夜として映っていないのだということを知った。

部屋にあった鏡を見れば、自分の姿は巨大な白蛇に変わってしまっていたのだ。

それからはもう、大変だった。

自分の息子が大蛇に食われたと思い狂乱する母と、それを取り押さえようとする父。屋敷の人間はみんなおびえたような顔で右往左往するばかりで、白夜も自分がどうなってしまったのかわからず、動けずにいた。

結局、全ての混乱が収まったのは、日が昇り、白夜の姿が人に戻ってからだった。

けれど、全て元通りともいかなかった。

人の姿に戻った白夜の髪の色は、白蛇の身体を思わせるような白銀、瞳の色も大蛇と同じ水色になってしまっていた。

七つまでは神のうち、というのとは真逆で、白夜は七歳から神様になってしまった。

そんな白夜の変化を、父は受け入れたというより納得した。そういう子供が生まれる可能性があることは、昔からわかっていたからだ。

納得も受け入れもできなかったのは、母である。巳月家に嫁ぐ前より『黄泉還り』のことは聞かされていたが、まさか自分の子供がそうなるとは思わなかったのだろう。

母は心を壊した。

母は、『白夜は化け物に取り憑《つ》かれた』のだと言い張った。父親が何度言い聞かせても、説明しても、だめだった。

それから母はひっきりなしに霊媒師や祈禱師《きとうし》、占い師などを屋敷に呼び始めた。次から次へとやってくる自称霊能者たちは、白夜を見て、よくわからない呪文を唱えたり、祈禱をしたり、鈴を鳴らしてみたり、薬を処方したりした。それらは決して白夜の身体に変化を起こさなかったが、彼らは皆総じて母から大金を受け取って帰って行った。

母がここまで他人を頼るようになってしまったのは、父の忙しさも原因だったかもしれない。

巳月家の十二支は蛇だ。巨大な白蛇。脱皮を繰り返す蛇が司《つかさど》るのは、再生と生命。

つまり、巳月家の力は肉体の再生。力が強い者ほど、深い傷を早く治すことができる。自身も他者も。

そんな巳月家の治癒の能力は使い勝手がよく、父は軍部にも頻繁に呼び出されていた。その上、久しぶりに『黄泉還り』が生まれ、いろいろ報告も溜まっていたのだと思う。とにかく、白夜が『黄泉還り』だとわかってから、父はあまり屋敷の方に帰らなくなっていた。

そういったことが積み重なって、とうとう運命の日がやってきた。

白夜はその日、いつものように母から呼び出された。

また変な儀式でもされるのかと、白夜は少しだけ憂鬱な気持ちで母の部屋を訪ねたのだが、そこで待っていたのは、彼女一人だけだった。おかしいなと思いながらも部屋に入ると、母は白夜をおもむろに抱きしめてきたのだ。どうしたのかと戸惑っていると、耳元で母の涙に濡れた声が聞こえた。

『私が今、白夜を助けてあげるからね』

直後、腹がかっと熱くなった。見れば、腹部に深々と刃物が突き刺さっている。

『え？　あ……』

『白夜のお腹にあの白い蛇がいるの。全部、全部、私が切り離してあげる』

それが白夜の覚えている、母の最期の言葉だった。

そして、次に気がついたときには、白夜は部屋で布団に寝かされていた。隣には目を泣きはらした父がおり、そこで母の死を聞いた。

母は自殺だったらしい。

父や使用人たちが気がついたときにはもう遅く、母は白夜を刺した刃物で自分の首を切って亡くなっていたそうだ。白夜は巳月家の血により自己治癒でなんとかなったが、他の家からきた母はどうにもならなかったという。

そのときの感情はうまく思い出せない。

ただただ自分の身に起こっていることが理解できなくて、母親がいなくなってしまった事実が飲み込めなくて、こんな事態を引き起こしてしまった自身の呪いを受け止めきれなくて。結局、涙も出なかった。

自分が母を殺してしまったという事実だけが、自分の足下に横たわっていて、もう一歩も動けなくなった。

そして、それから間もなく如意宝珠が消え、同時に巳月家の力も消え失《う》せた。

「もう少し早く如意宝珠が消えていたら、良かったのに……」

白夜は離れを目指しながら、そう独りごちる。

そうすれば自分の治癒の力は消えて、あのときに全部が終わっていたはずだ。母を救うことができなくても、こうして一人のうのうと生き残ることはなかったのかもしれない。

父はあれから母の死と如意宝珠がなくなったことの責任を取って、当主を辞した。それからはずっと白夜が巳月家の当主だ。もちろん当時七歳の彼に当主の仕事など務まるはずがなかったので、父や父の弟にはとても世話になった。

そんなことを考えている間に気がつけば離れにたどり着いていた。予定より到着が遅くなってしまったのは、きっと森の入り口で達久と話していたせいだろう。

離れといっても人が住めるように整えられている場所ではなく、建物の外側があるだけで中は伽藍堂《がらんどう》だ。要は広々としたお堂といった感じである。

白夜は離れに入ると、息をついた。手の甲を見れば、もうすでにいつもより肌の色が白くなっている。光にかざすと鱗《うろこ》のようなものまで確認できた。

スズがあらかじめ用意してくれていたのだろうか、いつ暗くなってもいいように部屋の四隅には行灯《あんどん》が置いてある。

「もうすぐ始まるな」

そう言うやいなや、頬の方からパキ、パキ、と固い音がする。歯を触れば、犬歯が異様に伸びてきているのがわかった。それと同時に人にはない感覚が研ぎ澄まされていくのがわかる。

嗅覚が発達し、熱を感知でき、振動であらゆる動きを捉えられるようになる。

そしてその感覚は、柱の裏にいる人間を捉えた。

同時に衣擦《きぬず》れの音が白夜の耳に届く。

「――誰だ!?」

そう声を荒らげると、意外な人物が柱の陰から出てきた。

「あさ……ひ?」

「す、すみません! 気がついたら眠ってしまっていたみたいで! あの、ここがどこだかわからないのですが――」

焦ったような朝日の様子に、先ほど別れた達久の言葉が脳裏に蘇る。

『本当に、ごめんね』

(あいつ――)

きっと達久が仕組んだのだ。いや、もしかすると計画を立てたのは真央かもしれない。真央は朝日が白夜のもう一つの姿を知らないことに不満を持っていたようだし、彼女の力なら、朝日を眠らせることなど造作もないだろう。

そもそも朝日は離れの場所なんて知らないはずだから、自分でここまで来ることはできない。

「——くっ」

白夜が身体をくの字に曲げたのは、急激に身体が熱くなったからだ。

身体中の骨が痛くて、心臓の音が大きくなる。

それと同時に、甲高い母の声が耳の奥に蘇った。

『気持ちが悪い！　気持ちが悪い！　気持ちが悪い！』

『私のかわいい白夜は、どこに行ってしまったの!?』

『こんな気持ちの悪い化け物が、私の息子なわけがないじゃない！』

「白夜様、大丈夫ですか？　顔色がなんだか悪いような……」

「来るな！」

「で、でも……」

「いいから出て行け！　こっちを見るなっ！」

太陽が沈む。白夜の身体から白い靄《もや》のようなものがあふれて、自身の輪郭がぼやけていくのがわかる。

驚いた朝日の顔に、泣き叫ぶ直前の幼い真央の顔が重なった。

「見るなっ！」

そう叫ぶが、もうすべてが後の祭りだった。

山と山の狭間《はざま》に、太陽が消える。

（あぁ、最悪だ――）

誰にも見せたくなかった。

恐怖の根源みたいな醜い姿、誰にも晒《さら》したくなかった。

こんな大蛇の姿など、誰にも――

「びゃく、や、さま、……ですか？」

驚いた朝日の顔がこちらを見上げる。天井に頭をぶつけんばかりに大きくなった白夜のことを彼女はじっと食い入るように見つめている。

（達久も、真央も、一体なにがしたかったのだろうか……）

こんな姿を見て逃げ出さない人間がいるわけがないのに、二人が考えていることがよくわからない。もしかすると、知らないうちに二人に恨まれるようなことでもしたのだろうか。

白夜は言葉を発することもできないほどに驚愕している朝日を見下ろしつつ、息を吐いた。

（でも、まあ、別に良いか……）

どうせ殺す相手だ。

別に白夜が嫌われても、恐れられても、行動はしにくくなるが関係ない。

どうせなら、ここで殺してしまってもいいかもしれない。考えていた到達点とは違うが、もう十分、村にいたときよりは良い暮らしができているだろうし、幸せを感じている……というところまできていなくても、きっと命は惜しがってくれるだろう。

それを見たら、大蛇だって納得して呪いを解いてくれるかもしれない。

白夜はそう冷めた頭で考える。

心はもう、凪いでいた。先ほどまでの胸をかき乱していた焦燥は過ぎ去り、諦めにも似た憂鬱が胸の中を満たしている。

(早く泣き出せば良い。逃げれば良い)

気持ちが悪いと騒ぎ出せばいい。

しかし、朝日が次に放った言葉は、白夜の想像を遥かに超えるものだった。

「白夜様、もう大丈夫ですか？」

『………は？』

「いえ！　先ほどは痛がっているようでしたので、もうお身体は大丈夫なのかな……と。も、もしかして、まだ痛みますか？」

朝日はそういってためらいがちに白夜の肌に触れようとしてきた。

まさかの行動に、白夜は思わず身を引いてしまう。

『君は、なに、を――』

「え？　あの。すみません。勝手に触れようとしてしまいまして……」

『そうじゃない！　そうじゃ、ない……』

二人の間に重い沈黙が落ちる。

けれど、朝日は決して泣き出さなかった。逃げ出しもしなかった。

『君は、この姿を見て何も思わないのか？』

「え？」

『何か思うことはないのか？』

あまりにも当たり前のように接せられ、反対に白夜の方が怯《ひる》んでしまう。

朝日は困惑を顔に貼り付けたまま、首を一つひねった。

「えっと、あの、驚いては、います。いきなりそんなお姿になられたので……」

『…………』

「ほ、本当です！　本当に驚いています！　驚いてはいるんです！　ただ、こう、驚きすぎて、なんというか、一周回って冷静になってしまったというか……。人から大きな蛇に変わられるなんて、私の常識にはなかったことなのですが、でも目の前で変わられるところを見てしまいましたし、白夜様の声はしますし！　納得？　せざるを得ない状況で……」

『……それだけか？』

「え？」

『その、感想はそれだけなのか？』

「大きいなとは思っています。あと、どうやっておしゃべりしているんだろうな、とは。喉の奥に何か秘密があるんですか？」

二の句が継げないとはまさにこういうことを言うのだと、白夜は実感する。

思った反応が返ってこない。なにをどうすれば良いのかわからない。

『君は、怖くないのか？』

「え？」

『蛇が、恐ろしくないのか？』

「えっと……」

朝日はしばらく迷った後に胸元で手を組んだ。指先がわずかに震えている。

その様子に胸がざわめいた。やはり、こわいのか。と。

「しょ、正直に言いますと、蛇は、その、あまり得意ではないです」

『……そうか』

「春になると住んでいた納屋によく蛇が出ていたんです。追い払おうとして、何度か噛まれたこともありますし。毒のない蛇だったんで平気でしたけど、やっぱり痛いことは痛いので。白夜様は、その、噛みませんよね？　蛇になったことで、無性に人を噛みたい気持ちには――」

『……今のところそんな気持ちになったことはないが』

「それなら良かったです。安心しました」

『君が怖いのは噛まれることだけなのか？』

「え？　――はっ！　まさか、ここから締め付けられたりするのですか!?　私、苦しいのも得意では――」

『いや、そんなこともする気はないが。待て！　もっとこう、いろいろあるだろう！』

「いろいろ？　……毒？」

『俺に毒はない』

「それなら、良かったです！」

白夜は未知のものに対して固まるという経験を初めてした。

顔に笑みを浮かべながらほっと胸をなで下ろす朝日が、なにを考えているのかわからない。ただ一つわかっていることがあるとするなら、彼女が怖がっているのは蛇の姿ではなく、蛇から想像できる『痛み』や『苦しみ』だということだ。

『君は、自分が何かされる以外で怖がるということはないのか？』

「えっと……」

『俺のこの姿が怖くないのかと言っているんだ』

朝日は、目をしばたたかせたあと、わずかに視線を下げた。

「す、姿形が関係ないだなんてことは言いません。だけど、私は人の姿だとしても、私を傷つけようとする者の方がよほど怖いです。痛いのも、熱いのも、冷たいのも、得意ではありませんから。でも、白夜様はそういうことはしないのでしょう？　それなら、たとえ蛇の姿でも、白夜様が白夜様なら怖いなんてことありません」

『……そう、か』

「はい」

しっかりとした返事と、微笑みに、彼女が嘘をついていないことを知る。

それを見ているだけで、なんだかどうしていいかわからなくなった。全身がそわそわとして落ち着かない。そして、それが不快じゃないことにも困惑していた。

同時に、今まで全身を覆っていた緊張感も消えていく。

白夜の纏っていた気配が柔らかくなったことに気がついたのだろう。朝日はまるで教師に質問するように片手を顔の前まで上げた。

「あ、あの、一つだけお聞きしても良いですか？」

『なにをだ？』

「白夜様の大きなお身体は、前に聞いた『黄泉還り』だからですか？」

『ああ、そうだ。月に一度の月のない夜には必ずこの姿になる。……厄介な呪いだ』

「お身体、大きいと大変ですからね」

『そういうことを言っているんじゃないが……。まあ、いいか』

どこかずれたような朝日の感想に苦笑が漏れた。

そこまできてようやく、この姿で笑ったのが初めてだということを思い出す。

朝日はしばらく白夜を見上げた後、はっとしたような表情になり、なぜか焦りだした。

「そういえば私、出て行ったほうが良いんですよね!?」

『ん？』

「スズさんから聞きました！　今日は離れには行ってはいけない決まりだと！　私、お邪魔ですよね！　今出ていきます！　すみま――」

朝日の言葉が途切れたのは、きっと彼女の行く手を遮るように白い尾が置かれたからだろう。突然進路を塞がれて、朝日は目を瞬かせる。

『別に、出て行かなくてもいい。人払いをしているのは、単純にこの姿を見られたくないからだ。もう見られたのなら、隠す必要もない』

「そう、なんですね」

『ああ、だから――』

「それなら、今晩はここにいても良いですか？」

　言いたかったことを先に告げられて、白夜は口をつぐんでしまう。

「この離れの外って森なんですよね？　暗い森の中を帰るのは怖いですし、熊とか出そうなので。それに、帰り方もわからないですし……」

『君が良いのなら、俺はかまわないが』

「ありがとうございます！」

　朝日は本当に嬉しそうに微笑んだ。

　それからしばらくはいつもの通り他愛もないことを二人で話した。

　朝日は部屋の壁に背中をつけた状態で、白夜は部屋の中心でできるだけ丸くなりながら会話をした。

　正直なことを言うと、どうしてこんなことになっているのかよくわからなかった。先ほどまで考えていた未来と今がまったく別物で、会話をしている部分以外の頭はずっと混乱していた。いや、正確には信じられなかったというのが正しいかもしれない。

　会話する内容が無くなってきた頃、朝日の身体がふらふらとしだした。目をこすっているところを見るに、どうやら眠たいのだろう。時間の感覚が曖昧だが、もしかするともうすぐ日付が変わってしまうのかもしれない。

　白夜は壁により掛かったまま船をこぎ始めた朝日に、声をかける。

『君が嫌じゃないのなら、こちらに来るか？』

「え？」

『固い壁により掛かって寝るよりは、この身体に寄りかかって寝る方が良いだろう？』

「いいんですか？」

一つ頷いて、白夜は身体を広げた。

朝日はためらうことなく立ち上がり、白夜のそばまで歩いてくる。そうして弧を描いている白い身体のそばに座り、「失礼します」と遠慮がちに身体を預けた。

「わぁ。ふわふわ」

『ふわふわ、ではないだろう』

「いや、確かにさわり心地はふわふわではないんですけど！　こう、皮膚の弾力を言い表すとふわふわになるというか！」

朝日はもちもちと白夜の身体を手のひらで押す。素肌を押してくる朝日の体温がなんだかくすぐったくて、白夜は小さく身をよじった。今更後悔してももう遅いが、なんだか大変なことをしているような気分になってくる。

「あの、白夜様」

『どうかしたか？』

「今更なんですが、もしかして、私を助けてくださったときもこの姿でしたか？」

『……そうだな』

一瞬、言葉に詰まってしまったのは、朝日の表情が真剣だったからだ。

白夜の肯定に、朝日は真剣だった顔をぱぁっと一変させる。

「そうですよね！　私、気を失う直前のこの感触を覚えてたんです。あと、香りも！」

『香り？』

「白夜様の香りって、良い匂い、です……よね……」

『なんで、そこで恥ずかしがるんだ』

よく考えてみろ。君がさっきから無遠慮に触れているのは、俺の素肌なんだぞ……とは思ってても言わなかった。こんな姿で言ってもどうしようもないことだし、それを言って距離を取られるのが、なんだか少し惜しいような気がしたからだ。

頬を赤くしたまま朝日は話をそらすように別の話題を持ち出した。

「そういえば、なんだか白夜様の体温、低いような気がするのですが」

『ああ。蛇の身体というものはこういうものなんだ。人のときのように体温を高く維持できない。……もしかして、冷たいか？』

「いいえ！　壁に比べたらずっと温かいのですが、その……寒くありませんか？」

『まあ、多少はな』

それは体温が低いからというよりも気温が低いからなのだが、寒いことには変わりないので頷いておいた。すると朝日はしばらく考えた後、立ち上がった。「少し待っていてください！」と、彼女は先ほど自身が出てきた柱の陰へ行く。そうして、次に出てきたときには、彼女は一つの大きな風呂敷を抱えていた。

朝日は白夜のそばでその風呂敷を開く。

「あの、もしよろしかったら、お顔を低くしてくださいますか？」

『こうか？』

なにが起こるのかわからないまま、白夜は頭を下げた。すると、朝日は風呂敷から出したものを白夜の首に巻く。ふんわりと柔らかいそれに白夜は首をひねった。

『これは？』

「わ、私が編んだ襟巻きです」

その言葉に、巻かれているものをまじまじと見る。そして、白夜は襟巻きの色合いにどこか見覚えがあることに気がついた。そうだ、これは。以前、街に買い物に行ったときに買った毛糸の色と同じものだ。

「実は、貸していただいた襟巻き、洗って乾かしたらくしゃくしゃになってしまって。これでは代わりにならないでしょうが、なにもないよりはいいと思いまして……」

朝日は申し訳なさそうに項垂れる。

正直、襟巻きなんて、渡したことも忘れていた。

しかも、確かあれは『貸した』のではなく『あげた』はずである。

「編むのに、時間がかかってしまいましたが。その、受け取っていただけますか?」

『……』

「白夜様?」

『あ、ああ。ありがとう。大切にする』

よくわからない展開に固まってしまっていた頭を、白夜は無理矢理動かして、そう答えた。すると、朝日は口を押さえながら、こらえきれないというように笑った。

「ふへへ」

『君は、変な笑い方をするんだな』

「あ、すみません」

『いや、いい。君の声は嫌いじゃない』

口をついて出た素直な感想に、朝日の顔がじわじわと赤くなる。

先ほどと同じように身体を預けてきた朝日を暖めるように、白夜がぐるりと身体を巻き付けると、彼女は黙って頰をこすりつけてきた。

「白夜様、その姿はいつまでなのですか?」

『朝までだ。太陽が昇れば元の姿に戻る』

「なら、この姿を堪能できるのもあと少しなんですね」

まるでこの姿でいることが良いことであるかのように、朝日はそう言って再び頰を寄せてくる。腹部に感じた彼女の頰の柔らかさと体温に、白夜はなんだか泣きそうになってしまった。

◆◇◆

『なら、この姿を堪能できるのもあと少しなんですね』

朝日と白夜の会話を背中で聞きながら、真央は息をつく。

彼女がいるのは離れの扉の前だった。閉じてある両開きの扉の間から、わずかな光と二人の話し声が漏れてくる。

隣には、兄である達久が立っており、真央と同じように正面をじっと見つめていた。

正直、二人の会話を聞くまで、朝日があの姿の白夜を受け入れるなんて無理だと思っていた。あんな気持ちの悪いものを見て、正気でいられる人間がいるとは思わなかったからだ。けれど、朝日はそんな真央の考えを易々《やすやす》と越えてきた。

「最悪……」

真央が唇をとがらせてそう呟くと、達久がぐりぐりと頭を撫でてきた。

第四章

桜のつぼみが膨らみ始めた、三月中旬——

鶯《うぐいす》の鳴き声が飛び交う巳月邸の庭で、その会話は交わされていた。

「お客様、ですか？」

「ああ、知り合いの大店《おおだな》の息子が挨拶にな」

箒で外を掃いていた朝日は、その日突然、白夜から来客があることを告げられた。

この巳月邸に来客があること自体がそもそも珍しいのだが、それ以上にどうして客が来ることをわざわざ自分に伝えたのかがわからず、朝日は首をかしげる。

「えぇっと。私はお茶を出したら良いですか？」

「いや、そういうことではなく。もし良かったらなんだが、君のかんざしを貸してくれないか？」

「私のかんざしを、ですか？」

白夜の言っているかんざしというのは、朝日の両親が残していったあの銀のかんざしのことだろう。朝日が持っているかんざしはそれだけで、普段は、髪の毛をまとめるのに組紐を使っている。

「その、別にかまいませんが、どうしていきなり」

「修理に出そうかと思ってな。花の飾りがとれかけていただろう？　大店の主人が前に良い銀細工師を知っていると言っていたのを思い出してな。修理を請け負ってくれるかまではわからないんだが、一応聞いてみようかと思ったんだが……」

「い、いいのですか？」

白夜の提案に朝日は前のめりになる。

かんざしの花が取れかけていると気がついたのはつい先日のことだ。池に落としたこととは関係なくおそらく劣化が原因だとは思うのだが、それを見つけたときの朝日は、これではもうこのかんざしはつけられないな……と、ひどくがっかりした。

「しかし、絶対に直るわけではないからな。もし、君があのかんざしをどうしても手元に置いておきたいというのなら話は──」

「そんな！　そんな！　ありがとうございます！　とっても嬉しいです！」

朝日の食い気味のお礼に、白夜は一瞬だけ虚を突かれたような表情になったあと、

「そうか」と微笑んだ。

その表情に朝日はぐっと息を詰まらせる。

なんだか、白夜のもう一つの姿を見てしまったあの出来事から、妙に彼が優しくなったような気がする。具体的にこうとは言えないのだが、五割増しでよく笑うようになった気がするし、言葉の端々に砂糖のような甘ったるい気配があるような気がするのだ。

(それに、以前にも増して気遣ってくれるようになったような……)

「というか、なんでそんな薄着なんだ。気温は随分と高くなったが、そんな格好だと風邪をひくぞ」

そう言うやいなや白夜は自身の着ていた綿入りの羽織を朝日の肩にかける。綿入りと言っても、春用のものなのでそこまでもったりとしているわけではない。

白夜の香りがする上着を身に纏い、朝日の頬はますます熱くなった。正直、綿入りの羽織なんかなくても、朝日の身体はもうぽかぽかである。

それでも白夜の厚意を突き返す気にはなれなくて、朝日は大きな羽織の前をあわせるようにして彼に問うた。

「いいのですか？　これでは白夜様の方が寒くなってしまうんじゃないですか？」

「俺はこれがあるから大丈夫だ」

そう言いつつ白夜がつまんだのは、襟巻きだった。それは以前、朝日が白蛇姿の白夜にあげたもので。もうそれだけでまた身体がほてってってしまうようだった。

朝日は赤い頬をごまかすように、必死に口を動かした。

「で、でも、珍しいですね。お屋敷にお客様が来られるなんて！」

「ああ、それは……」

「捜し物を手伝ってもらっているんだよね？」

「た、達久様！」

「お疲れさまだね、朝日ちゃん」

いつもどおりの陽気な笑顔を浮かべながら達久はこちらにやってくる。途中で一つ大きなあくびをこぼしていたので、もしかすると今起きたばかりなのかもしれない。

「それにしても、捜し物と仰っていましたが、白夜様、何かなくされたのですか？」

「まあ、俺がなくしたわけじゃないんだがな」

「なくしたのは先代の当主様——白夜のお父さんだよね？」

「白夜様のお父様……？」

一瞬、どんな人だろうと興味が湧いたが、話の筋はそこじゃないと慌ててかぶりを振る。そんな朝日の反応に微笑みを浮かべて、達久は話を続けた。

「白夜が探しているのは巳月家の家宝だよ」

「家宝、ですか？」

「そう、家宝。僕ら十二宗家にたまに妙な力を持った人間が生まれてくるのは知っている？」

「あ、以前スズさんがそんな話をしていたような気がします。それで陛下に呼び出されることもある……と」

「そうそう。で、その力の源が如意宝珠って呼ばれる玉なんだよ。十二支の魂の一部って言われているものでね。色とか形はバラバラなんだけど、それぞれの家に一つずつ如意宝珠は存在するんだ」

「それが、無くなったんですか？」

「十六年前にね」

「十六年前……」

朝日が生まれているかいないかぐらい前の話だ。

といっても、朝日は自分の年齢を正確には把握していないのだが。

達久は続ける。

「以来、巳月家は如意宝珠を探すことをお役目としているってわけ。あれがなくっちゃ力も使えないからね」

「じゃあ、白夜様がたまに出かけているのは？」

「見た目だけなら、宝石みたいだからね。定期的に商家や質屋にそういうものがなかったかを探ってもらっているんだよ。盗んだ犯人がお金に換えているのなら、そのあたりに引っかかるだろうってことね。ちなみに、朝日ちゃんがいた村に寄ったのも、近くの質屋に如意宝珠らしいものがあるって聞いたからだよ。……まあ、空振りだったけど」

そう言って達久は苦笑を浮かべた。

「ちなみに、辰城家が使うのは幻に関係する力だよ」

「幻、ですか?」

「うちの社の下に眠るのは龍っていわれているんだけどさ。龍って十二支の中で、一つだけ架空……というか、今はいない生き物でしょ? うちの十二支は、本当は『幻術が得意なただの小さな蛇だった』って説が有力でね。まあ誰も社の下を掘り返したことがないから本当のところはわからないんだけど、幻に関する力が使えるってことは、あながち間違いでもないんじゃないかなって思っているよ」

「もしかして、以前私が真央さんに眠らされたのも?」

朝日が言っているのは、白夜のもう一つの姿を見てしまう前の出来事だ。

あのとき、朝日は真央に額を押されただけ。なのに、突然めまいがして気を失ってしまった。強く頭を殴られたわけではないのに、あんな風に昏倒《こんとう》してしまうなんておかしな話だ。

「そうだね。真央がやったのは朝日ちゃんを強制的に夢の世界に送るって感じのやつだよ。夢と幻っていうのは、すごく近いものだからね」

「そうなんですね」

「達久。しゃべりすぎだぞ」

注意をしたのは白夜だった。

しかめっ面の白夜に、達久はいつもの調子でカラカラと笑う。

「良いじゃない。別にどうしても隠さないといけないってことじゃないし。そもそも僕らの力については公の文章にだって残っていることだよ？　信用しない人間っての が多いだけで」

「そう、なんですね」

確かに、朝日だっていきなりこんなことを言われても、信じなかったかもしれない。いま朝日が二人の言葉を疑っていないのは、彼らはこんなことで嘘をつく人間ではないということがわかっているのと、白夜のあの姿を見たことが大きい。

そんなことを考えていると、突然達久から大きな爆弾を落とされる。

「それに、朝日ちゃんには言っても良いでしょ。仮にも婚約者なんだし！」

「え!?」

「さっきも仲良くしてたよね。見てたよー」

茶化すような達久の言葉に、白夜は「達久！」と彼をいさめる。

怒りも含んだその声に達久は「ごめん、ごめん」と悪びれることなく謝った。

一方の朝日は、再び上昇した体温に手で顔を仰ぐ。

「と、とにかく！　私は部屋からかんざしを取ってくれれば良いんですね」

「ああ、頼む」

「ごめんください！」

声が門の方から聞こえてきたのは、朝日がつま先を屋敷の方に向けたときだった。

振り返れば車が一台門の前に停まっている。

そんな二人の会話で、車の前にいるスーツの男が予定していた来客だと知る。朝日は慌てて踵を返し、門の方へ向かった。

「予定より早いな」

「早速来たね」

「私、お客様を客間にお通ししますね。かんざしはまたあとでお渡しします！」

白夜に言うだけ言って、朝日は門扉まで走る。

(でも、さっきの声、どこかで聞いたことがある気が……)

そう思ったときにはもう朝日は門の前までたどり着いており、かんぬきを外していた。

門を開けると、見事な三つ揃えのスーツを着た男が朝日に向かって会釈をする。

「初めて来たもので、すみません。車はどこに停めれば——って……」

「徹、さん？」

「…………ボロ？」

懐かしい顔に目が自然と瞬いた。

そこにいたのは、寺脇家に通っていた行商人、徹だった。

徹は驚きから来る呆然とした表情から、一転、突然泣き笑いというような顔になる。

そうして——

「ボロ！　よかった！」

そう言って、思いっきり朝日を抱きしめてきたのである。

◆◇◆

「朝日、貴女って白夜のこと好きなのよね？」

「え!?」

とんでもない話の切り口に、朝日は表情を硬くしながら正面に座る真央を見る。

真央は机の上に広げた本に顔を落としつつ、視線だけで朝日を見ていた。

そこは、真央のために用意された客室だった。部屋の中心には座卓があり、二人はそれを挟んで座っている。朝日の前には『小學國語読本《しょうがくこくごどくほん》』なるものがあり、彼女はその隣に置いた新聞広告の裏に鉛筆で何かを書き込んでいた。

「見たわよ。貴女門扉の前で男の人と抱き合っていたじゃない。しかも、お兄様と白夜が引き剝がすまでそのままになっていたし」

「あれは、そのままになっていたというか。驚きすぎて動けなかったというか……」

「まあ、白夜のこと諦める気になったのなら、それはそれで嬉しいけれど」

どうでもよさそうにそう言って、真央は本に視線を落とした。

白夜の正体を見ることになってしまったあの出来事から、二人は正式に仲直りしていた。真央が改めて謝ってくれたのだ。

『いいわ。殴りなさい！』

白夜のもう一つの姿を見てしまった翌朝。無事に人の姿に戻れた白夜と一緒に、離れから屋敷に帰ってきた朝日を待っていたのは、真央のそんな言葉だった。

殊勝にごめんなさいと頭を下げてきてくれた前回とは違い、彼女はどこか雄々しくこちらに頰を差し出してくる。

もちろん、朝日は困惑した。

真央の行動は、頰を打てという意味なのだろうということはわかる。しかし、生まれてこの方、打たれたことはあっても人を打ったことのない朝日にそんなことはできなかった。

そもそも、真央に対して怒りはないのだ。彼女が謀ったということはわかっていたが、むしろ白夜のことを知る良いきっかけになったと思っていたぐらいだったからだ。

いつまで経っても動かない朝日に、真央は焦れたように『早くしなさいよ！』と声を張る。朝日はまたしばらく固まったあと『できません』と首を振った。

『ちょっとなんでよ!? 今なら拳でも許すわよ？』

『あ、あの、人を殴るのはちょっと……』

『殴りたくないってこと？ それだと、私の気が済まないのよ！ それともなに？ お詫《わ》びにお金でも払えばいいってわけ？』

朝日がその提案にも首を振ると、真央はいらだたしげに『じゃあ、どうすればいいのよ』と声を大きくした。

態度はあれだが、どうやら真央は本気で朝日に悪いと思ってくれているらしい。

朝日はしばらく考えた後、口を開いた。

『あの、それなら、勉強を教えていただけませんか？』

『はあ!? 勉強？』

『はい。お恥ずかしながら、私、尋常小学校にも行ったことがなく』

『嘘でしょう!?』

叫んだ瞬間に失言だと気がついたのだろう、真央は慌てて口元を覆う。

そんな彼女に苦笑いをしたあと、朝日は言葉を続けた。

『一応、読み書きや計算は少しだけできるので、今まで生活に困ることはなかったのですが。それでもやっぱり、真央さんが読んでいたような難しい本は読めなくて。ここにおられる間だけでいいので、教えていただければ嬉しいんですが』

『別に、勉強を教えるぐらいはかまわないけれど。……本当にいいの？　今なら私からいくらでもふんだくれるわよ？』

なんとなくわかっていたことだが、真央は何かにつけて問題をお金で解決しようとする癖がある。

まあそんなこんなで話はまとまり、朝日は今までのお詫びということで真央から勉強を教わることになったのだ。ちなみに真央の手元にある『小學國語讀本』は尋常小学校で使う教科書で、真央が幼い頃に使っていたものらしい。勉強を教えて欲しいと頼んだ直後に実家から取り寄せてくれたのだ。

だから、最近は昼間の自由時間、朝日は真央の部屋に入り浸っているのだが——

「というか、あれは誰なわけ？　もしかして、昔の恋人？」

「い、いいえ！　そんな！　徹さんは、ただの知り合いというか……」

「それにしては、仲が良さそうだったじゃない」

別に徹と仲良くしていたつもりはなかったが、頻繁に話しかけられたりはしていた。

けれど、そのたびに澄子から折檻を受けていたので、正直良い思い出はあまりない。

ちなみに、徹は澄子から『ボロは流行り病で死んだ』と聞かされていたらしい。

ちょうど村で風邪が流行っていたこともあり、徹は澄子の言葉を疑うことなく信じたという。

『本当に良かった。もう二度と会えないかと……』

そう言って言葉を詰まらせる姿を見て、少しだけ嬉しくなったのは内緒である。

真央は、朝日の手元にある広告の裏に書いてある文字を覗《のぞ》きこむ。

「それにしても、貴女って本当に尋常小学校にかよってはいなかったの？」

「あ、はい」

「それにしては、読み書きがちゃんとできているわね。計算も。もしかしたら、ご両親が教えていたのかもしれないわね」

「それは――」

「ごめんなさい。また失言だわ」

真央はばつが悪そうな顔になり視線をそらした。

「いいえ、大丈夫です。……あの、真央さんは、私の事情はどこまでご存じなのですか？」

「お兄様から聞いたのは、『白夜がどこからか女の子を拾ってきて、婚約者にすると言い張っている』ってところまでかしら。あとは貴女と白夜が話していたのを立ち聞きしたの。あんまり広めたくない話でしょうに、……悪かったわね」

「いいえ、それは……」

つまり、朝日の事情は、婚約の方便以外、大体伝わっているということだろう。もちろん村の中でどのように扱われていたかとか、生け贄の儀式などのことは知らないだろうが、それでも虐げられていたのは雰囲気で察しているかもしれない。

「あの、真央さん」

「……なによ」

「真央さんは、もう白夜様のことを諦めたんですか？」

「なんでそうなるのよ！」

いきなり怒鳴られて、朝日は首をすくめた。

「だって、あの。てっきり私に両親がいないことがばれたら、白夜様にふさわしくないって言われると思っていたので」

「それは！　……まあ、言いかねないわね。私なら」

真央は腹立たしそうにそう言って、髪をかき上げる。

「私は別に、貴女のことを心の底から認めたわけでも、白夜のことを諦めたわけでもないわ。ただ、貴女が……」

「私が？」

真央はそこで言葉を切り、何かを考えるような表情になる。そのまま少し逡巡《しゅんじゅん》した後、何かを諦めるような、それでいて決心するかのような息をつく。

「私ね、辰城家の中では落ちこぼれなの」

「真央さんが、ですか？」

「言っておくけど、勉強ができないとか、運動が苦手とか、そういう意味の落ちこぼれじゃないから！　……私ね、本家の子供なのに、ほとんど力を持って生まれてこなかったのよ」

そう話す真央の表情は何かに耐えているように見えた。

「うちの家は――というか、十二宗家はわりと力が全てみたいなところがあるのよ。まぁ、十二宗家ができた過程とかを考えれば、無理もない話なんだけどね。それに私は本家の人間だから。分家ならまだしも、本家生まれで力が弱いなんてあり得ないのよ。だから、昔はいろんな人からいろんなことを言われたわね。本家の恥さらしとか、役立たずとか、落ちこぼれだとか。……まあ、全部蹴散らしてやったけど！」

そう胸を張る真央が、とても強くて、それでいてなんだか少し面白くて、朝日は口元に笑みを浮かべてしまう。もしかすると真央の性格が少々苛烈なのも、こういった過去に起因するのかもしれない。

「でも、そんな風に突っ張りながら、私は私を受け入れられないでいた。私が一番、力のない私に劣等感を持っていたのね。そんな私を、私でさえも認められない私を、最初に受け入れてくれたのが、白夜だったの」

真央が話しているはずなのに、それはなぜか白夜の声で聞こえた。

『たいして使い道のない力を誇っているやつらより、人生を切り開く力を養っている真央の方がどう考えてもすごいだろう？』

「――って。あの言葉は、すごく、嬉しかったなぁ」

目を閉じた真央の頬は桃色だ。きっと当時のことでも思い出しているのだろう。

しかしその恋する乙女のようなかわいらしい顔も瞬き一つでなくなってしまう。

「……でも、私は受け入れられなかったのよね」

「え？」

「白夜の蛇の姿。私、あれがどうしても受け入れられなかった。気持ちが悪かったのよ」

真央の表情が先ほどとは打って変わって暗いものへと変わる。

「貴女が信じるかはわからないけれど、私たち、本当に親同士は結婚させる気満々だったのよ？　巳月家と辰城家は元々仲が良かったし、力の弱い私でも家同士の絆《きずな》を深めるのに使えるなら良いって思ったんでしょうね。だけど、私が白夜のもう一つの姿を見て泣き叫んだあの日から、白夜は『結婚しない』って明言しだしたのよ。まあ、それまでも、結婚に乗り気ってわけじゃなかったんだけどね」

「でも、それはすごく前の話ですよね？　子供の頃の。もしかすると、今なら――」

「今でも悲鳴を上げて逃げ出す自信があるわ」

「そう、ですか」

「だから、あの姿を受け入れられた貴女になら、白夜を取られても仕方がないと思っているわよ」

「真央さん……」

朝日が気遣わしげな声を出すと、真央の顔がぱっと上がる。

その目は先ほどの弱さなどまったく感じさせないほどの熱を持っていた。

「だから、浮気なんかしたら、絶対に許さないから！　白夜のことを傷つけるような真似してみなさい！　これまでの比じゃないぐらい貴女のことをいじめてやるんだからね！」

その勢いに朝日はおびえながら「は、はい……！」としっかり頷くのだった。

◆◇◆

「それで、持ってきたものはこれで全部になるんですが、お探しのものはありましたでしょうか？」

そういって徹が机に並べたのは様々な装飾品だった。そのどれもに大玉の真珠や白色の宝石などがついている。大きさはそれぞれビー玉大から、もう一回り大きいものぐらいまで様々だ。

白夜は並べられた装飾品に視線を滑らせて、いくつか手に取る。そうして何かを確認した後、無言で首を振った。

その反応に徹は眉尻を下げたまま「そうですか」と苦笑いを浮かべた。

巳月家に伝わる如意宝珠は白色の玉だ。装飾らしい装飾はなにもされておらず、ただ、光に当たると金と銀の筋が内側で流れているように見えるのが特徴の石だ。しかしながらその特徴的な金と銀の筋も見える者は限られており、普通の人にはただの白くて綺麗な石にしか見えないらしい。だから、こうやって白い石の装飾品が見つかるたびに持ってきてもらっているのだが……。

（またハズレか……）

白夜はそっと息をつく。

仕方がない。白い石の付いた装飾品なんて腐るほどある。その中からたった一つの宝珠なんてなかなか見つかるわけがない。というか、白夜はもう半分、いやほとんど諦めていた。陛下や家の手前、何も行動しないというわけにはいかないが、白夜自身はもう如意宝珠なんてものは見つからなくていいと思っていた。

如意宝珠が忽然《こつぜん》と消えて、十六年。

巳月家には分家を含めて力を持った子供が生まれていない。

元々持っていた者の力も失われ、今や家の権力も落ちている。

白夜だって例外ではない。『黄泉還り』として生まれた彼には他の者よりも強い力が備わっていた。しかし、それも今や見る影もない。

それでも白夜は、如意宝珠なんてなくてもいいと思っていた。

だっていらない。あんなもの。

(俺のような存在を作ってしまうぐらいなら……)

力が失くなっても、白夜が蛇に変化してしまう頻度は変わらない。自分の中にある大蛇の記憶も薄れない。こんな呪いばかりが積み重なった存在などもう生まれなくていい。

「巳月様、聞いておられますか?」

その声が聞こえてはじめて、話しかけられていたことを知る。

「ん？　ああ、すまない。なんだったか」

「白の玉がついた装飾品で今回持ってこられていないものがありましたので、もし良かったら近いうちに見に来てくださったら嬉しいです」

「わかった。行こう」

「それと、ボロのことなんですが……」

その言葉に思わず固まった。徹はそんな白夜の態度に気がついていないのか、そのままの態度で深々と頭を下げた。

「どういう経緯か知りませんが、今はこちらにお世話になっているんですね。本当にありがとうございました」

「なぜ、君が礼を言う必要がある？」

「そ、それは……」

徹は戸惑ったように言葉を詰まらせるが、その頰は赤く染まっている。

朝日の保護者のような、もっと言うなら配偶者のような先ほどの言葉と、照れたような彼の表情に、胸がざわめいた。

同時に白夜は、先ほどの庭で見た光景を思い出す。

朝日の背中に徹の腕が回っていた。徹は彼女の細い身体を折れそうなほどにぎゅっと抱きしめて、肩口に顔を寄せている。そのまま何か言葉を発しているのが見えて、朝日の耳にあいつの声が届いていると思ったら、朝日の首筋にあの男の息がかかっていると思ったら、もうだめだった。

せり上がってきた衝動は自分が今まで感じたことがないほどに苛烈で、爆発的で、正体が摑めなくて。気がついたときには、朝日は徹と朝日を引き離して、彼女を自身の背中に隠していた。

そのあとに続いた声音も思った数倍低い。

『どういうつもりだ？』

『すみません。実は、彼女とは知り合いなんです』

そこで徹は、自分が朝日の村に通っていた商人だということを説明してきたのだ。

(あんな地獄のような環境に身を置いている朝日を放っておいたくせに、よくもまあ、のうのうと――)

話を聞いた上で、白夜が思ったことがそれだった。

村人がしようとしていた儀式は知らなくても、朝日が村でどういう環境に置かれていたかは知っていただろうに。それを長年放置しておいて、『心配していた』なんてよく言えたものだ。

(朝日は、あんなに人とのふれあいに飢えていたのに)

白夜は朝日と出会ったときのことを思い出す。

白夜の『帰る』を聞いて、朝日はとても寂しそうにしていた。止めてくるようなことはなかったが、表情や纏う雰囲気から彼女の心細さはひしひしと感じられた。

最初はどうしてそこまで寂しがるのかわからなかったが、今ならわかる。彼女は人との会話に、ふれあいに飢えていたのだ。村に帰ってもまともに誰かと会話を交わすことはないとわかっていたから。

（少しでもこの男が気にかけてやっていたら、なにか変わっていたかもしれないのに）

そう考えて、今度は自分の想像に胸がムカついた。

朝日のそばに徹が立つのはもっと気に入らない。それで朝日が救われていたかもしれないとわかっているのに。

黙ったままの白夜に、徹はどこか浮かれたような声を出す。

「あの、ボロはこちらでどのような――」

「それよりも、これの修理をお願いしたいんだが」

白夜はそう言って朝日から受け取っていた銀のかんざしを彼に向かって突き出した。

話をさえぎってしまったのは、これ以上彼の口から『ボロ』という単語を聞きたくなかったからだ。あの名前がどういう意味か、子供だってわかるだろうに、そんなので朝日を呼ぶ彼が許せない。だけど、『朝日』という名をわざわざ彼に教えるのも癪《しゃく》だった。

徹は白夜の敵意に気づいていないようで、白夜が差し出してきたかんざしを恭しく受け取り、じっと観察し始める。そうしてすぐに、商人らしい明るくて人好きのするような声を出した。

「これは！　いい銀細工ですね。しかも、この意匠は……」

「意匠？　もしかして、このかんざしのことで、何か知っていることでもあるのか？」

「えぇ。この意匠は定期的に流行るものですからね。うん、菫《すみれ》だし、間違いない」

白夜はわずかに身を乗り出した。

「もし良かったら、詳しく話を聞かせてくれ」

「もちろんですよ。これは——」

◆◇◆

徹が帰ることになったのは、夕方になってからだった。

「それじゃ、もう帰るね」

「はい。お疲れ様でした」

門扉の前には向かい合う朝日と徹。白夜も門扉まで一緒に送るはずだったのだが、急な電話が入ったとかでその場にはいなかった。

「それにしても、いい働き口が見つかって良かったね。澄子さんのおうちにいる君は、あまり笑わなかったから、こうして元気な姿が見られて嬉しいよ」

「お気遣い、ありがとうございます」

「あのさ、こんな所で言うのはなんなんだけど。君がまたいなくなってもいけないからさ」

なぜか言いにくそうに告げられた言葉に、朝日は徹を見た。

夕日のせいか、彼の頬が赤く見える。

「もし良かったら、うちに来ないか?」

「え、うちに……? でも、私はここでお世話に――」

「それはわかっている。でも、どうしても一緒に来て欲しい」

徹は朝日の手を握った。

「君と最後に会った日にも言おうと思っていたんだ。僕は君と一緒にいたい。父から了承をなかなか得られなくて遅くなってしまったけれど、ようやく妾《めかけ》ならいいと言ってくれたから――」

「妾……?」

つまり、徹は朝日のことを使用人としてではなく、愛人として欲しいということだ。

思ってもみなかった申し入れに、朝日はなにも言えずに固まってしまった。

朝日の手を握る徹の手が強くなる。

「一目惚《ひとめぼ》れだったんだ。ここにくるまで長くなってしまったけれど。約束する。僕は君を大切にするよ。妾だって、今より断然良い生活はさせてあげるつもりだし、もし奥さんをもらうことがあっても、週に三度は必ず会いに行く。だから——」

「——悪いが、そこまでにしてもらいたい」

その言葉は朝日の後ろからかかった。振り返れば、眉間に皺を寄せた白夜が朝日の後ろに立っている。

白夜は朝日の手を握っている徹の手をはたき落とす。そのまま朝日の腰に手を回し、半ば強引に自分の方へと引き寄せた。

布越しに感じる白夜の体温がなぜか妙に熱い気がするのは、気のせいだろうか。

「自分の婚約者を口説かれるのはいい気がしない」

「え。こ、婚約者!? 君はここに使用人としてお世話になっているんじゃゃ——」

「えっと、あの。えっと——」

しどろもどろになる朝日に視線が集まった。

どうしようもないほどに、心臓が高鳴り、朝日はその音を聞かせないようにするため、胸の前でぎゅっと手を握りしめた。

ようやくあけた唇から出た音はびっくりするほどか細かった。

「私は、白夜様と、その、結婚のお約束を、して、います」

徹はその言葉にしばらく固まったあと、白夜と朝日を交互に見て、視線を落とした。

「そう、なんだ。……変なこと言って、ごめんね」

「いえ」

「でも、本気？　君にこの家の――華族の奥さんが務まると、本当に思っている？」

「それは――」

「それは、君が決めることじゃない」

ぴしゃりと言い放ったのは白夜だ。

徹はそれに一瞬怯んで、下唇を噛んだ。

「そう、だね。僕が言うことじゃないね。……でもボロ、もし何かあったらいつでも頼ってね。僕はいつでも君を受け入れる用意があるから」

徹はそう言うだけ言って去って行った。

朝日は小さくなっていく車を呆然と見送る。

まさか、徹がそんなことを考えていたとは思わなかったのだ。

（親のいない私を妾にだなんて……）

正直、嬉しくないと言えば嘘になる。徹は親を説得したと言っていたし、きっと無理をしてくれたのだろうということがわかるからだ。自分のためにそこまで動いてくれる人がいるという事実が嬉しい。

（それでも――）

「……余計なことをしたか？」

弱々しい白夜の声が聞こえて、朝日は隣を見上げた。

白夜は朝日の方ではなく、じっと徹が去っていた方を見つめている。

「あいつについて行きたかったか？」

「私は……」

後に続く言葉は、婚約者であることを肯定した先ほどの言葉よりも緊張した。

「白夜様がご迷惑でなければ、私はこれからも白夜様のそばにいたいです」

「そうか」

腰に回ったままになっていた手にぎゅっと力がこもる。

それが、自分を引き留めるように感じられて、朝日は頬をじわりと赤く染めた。

◆◇◆

徹は自身の不快感をすべてぶつけるように強くアクセルを踏んだ。身体に伝わる振動と、耳朶《じだ》に響くエンジン音がそれに合わせて大きくなる。

徹は憤っていた。

自分より白夜を選んだ朝日にではない。

こちらに敵意を向けてきた白夜にでもない。

徹は朝日が死んだなどと嘘をついた村人たちに憤っていた。

（なんで、流行り病でなんて……）

彼らが嘘をつかなかったら、もしかすると今頃、朝日は自分のそばにいたかもしれないのに。

一目惚れなんてしたのは初めてだったのだ。

最初に朝日に会ったのは、一年前。

徹が富裕層に向けての訪問販売を始めてしばらく経ったころだった。

田舎の村だから大した顧客にならないだろうと、それでもないよりあったほうがいいだろうと訪れた寺脇家で、お茶を出してくれた彼女の横顔に胸が高鳴った。

とにかく、かわいかった。お世辞にも着飾っているとは言えない様子だったが、それにも好感が持てた。

その頃の徹は濃い化粧の着飾った女性に食傷気味だったのだ。彼の顧客となる層の女性はそういった感じの人が多かったし、そういう女性から言い寄られることが多かったからだ。それも、一晩の相手として。

そういう女性たちと比べて朝日はとにかく清楚《せいそ》に見えた。純粋に、綺麗に、見えた。

朝日が村の人間たちに手ひどく扱われていることには気がついていた。でも、正直に言えばそれは都合が良かった。

その分、自分が差し伸べた手を摑んでくれると思ったから。

いくら彼女のことを好いているとはいえ、自分が親のいない彼女を正妻にできるとは思っていなかった。でも、妾になってくれと言えば、普通の女性はあまりいい顔をしないだろう。けれど、ひどい環境にいる彼女にそう言えば、頷いてくれるのではないかと思ったからだ。

全ては思い通りだったのに。

なんで村のやつらは、流行病で死んだのだと嘘をついたのだろう。

村から追い出したのならそう言えば、すぐに見つけ出して保護したのに。

あんな男に捕まらなかったのに。

徹はなぜ彼らが嘘をついたのか、確かめなくてはならなかった。

かわいそうに。彼女はきっとあの巳月家の当主にお金で買われたんだろう。

婚約者だと言っていたが、どうせ妾の一人だ。あんないい家に彼女が嫁に行けるわけがない。

彼女は騙されているのだ。

かわいそうに、かわいそうに。

(それもこれもあの村が悪いんだ)

徹は村に向けて車を走らせた。

◆◇◆

「朝日、夕食が終わったら少し話そう」

白夜からそう言われたのは、徹が来てから数日後のことだった。

呼び出された場所は、朝日の部屋の前にある縁側。

片付けが終わった朝日がそこに行くと、白夜はもうすでに待っていた。彼は硝子戸を開けて縁側の縁に座り、じっと外を眺めている。

「あの……」

「とりあえず、座ったらどうだ？」

所在なさげにしていたからだろうか、白夜はそう言ってわずかに腰を上げて隣を空けてくれる。朝日は「失礼します」と頭を下げてから、隣に座った。

わずかにふれあった肩が妙に気恥ずかしい。

春の夜風がそっと頬を撫で、二人の眼前には、以前朝日が落ちた池がある。

朝日は苦笑した。

「どうかしたか？」

「いえ、なんだかすごく前のような気がして……」

「なにがだ？」

「私が池に落ちたのが、です」

そんなに前の話ではないはずなのに、季節が変わっただけで、あれからすごく時間が経ってしまったように感じる。

「そうか？　俺にはあっという間に感じるがな」

「そうですか？」

「君が来てから時間がすごく早い」

そう言う白夜の感覚が良いものなのか悪いものなのか、朝日にはわからない。

だけど、彼の表情からは朝日に対する負の感情は感じなかった。

むしろ――

「今日話したかったのは、かんざしのことだ」

白夜の切り出しに朝日は「かんざし、ですか？」と首をかしげた。

「もしかして直りませんでしたか？」

「いや。かんざしそのものは無事に直るそうだ。少し時間はかかるみたいだがな」

「そうなんですね。……よかった」

朝日は、ほっと胸をなで下ろす。実は、直らないと言われるのが怖くて、今までどうなったのか聞けていなかったのだ。

「俺が言いたかったのは、かんざしの意味だ」

「かんざしの意味、ですか？」

そこまで言ったにもかかわらず、白夜は少し迷うようなそぶりをしたあと、どこか意を決したように口を開いた。

「あのかんざしは、生まれた子供——女の子に渡すお守りだそうだ」

「お守り？」

「ああ、女性の間で定期的に流行っているものらしい。素材に使われている銀には厄《やく》除《よ》けの意味があり、意匠に使われている菫の花言葉は、愛情。このかんざしが似合う綺麗な女性になって欲しいという意味も併せて、生まれたばかりの子供に贈るものだという」

言葉の意味がうまく飲み込めない朝日を置いて、白夜はそのまま続けた。

「君の両親がどうして君を村に置いていったのかわからない。だがきっと、やむにやまれぬ事情があったんじゃないだろうか」

「私は――」

「少なくとも君は、愛されて生まれてきたのだと思う」

そのときの気持ちをどう表現すれば良いのかわからなかった。

嬉しいというのとは少し違って、感動という言葉では足りなくて。

ただただ、どうしようもなく息が詰まって、指先が震えた。

「私、生まれてきてよかったんですね」

「……ああ」

「いらない子じゃなかったんですね」

「……ああ」

彼が頷くたび、心が救われていくような心地がした。

「白夜様、ありがとうございます」


「ねえ。お花見をしましょうよ」

真央からその提案があったのは、翌日のことだった。

それはちょうど昼餉《ひるげ》を食べているときで、場にいる全員の視線が彼女に集まる。

最初に反応を示したのはスズだった。

「いいですねぇ！　そういえば、公園の桜は見頃でしたよ！」

「しかし、今から行くのか？」

「昼は食べちゃったし、夜桜でいいんじゃない？」

確かに桜を見るには良い時期だろう。朝日も買い物に行ったときに道ばたで桜が咲いているのを見た。夜はまだ肌寒いが、出かけられないというほどではない。

「私ね、そろそろ女学校に戻らないといけないから、この家にいられるのもあとちょっとだし、できれば何かやりたいなって」

「え!? 真央さん、出て行かれるんですか？」

「まあ、そろそろ休学期間も終わるしね」

「そんな……」

「なんで、貴女が一番悲しそうにするのよ！」

その言葉に朝日は「だって……」と箸を宙空に止めたままうつむいた。真央とは最近ようやく仲良くなってきたと思っていたので、余計に寂しさが胸に迫ってくる。

「大丈夫よ、また来るから。貴女と白夜が破談になっているかちゃんと定期的に確認しないとだし！　……それに、貴女の勉強もまだ途中でしょう？」

その優しい言葉に、朝日は「え？」と顔を上げる。

真央は少し恥ずかしそうにふいっと顔をそらした。

「最後まで教えてあげるわよ。とりあえず、私が教えてあげられるところまで！」

「あ、ありがとうございます！」

「貴女ねぇ、あんまり嬉しそうにしないのよ！　私がなにをしたか覚えてないの？」

「で、でも――」

パンパンと手を叩く音が聞こえ、二人は会話を止めた。

音のした方を見ると、スズが微笑みを浮かべている。

「それじゃ、今夜は夜桜を見ながらみんなでお弁当を食べましょうね。お弁当、急いで作らないと間に合いませんから、朝日様、手伝ってくださいますか？」

「もちろんです！」

「私も手伝うわよ。一応、言い出しっぺだし！」

真央がそう言って顔の前で手を上げる。彼女が協力の意思を示してくれたことに朝日は嬉しくなって「真央さん！」と声を上げた。

そんな女性陣を一瞥してから、今度は達久が白夜の方に身を乗り出した。

「それじゃ、僕らは道具の準備をしようか」

「……そうだな」

そうして、夜の花見のためにみんなで準備をすることになったのだった。

◆◇◆

「あったあった！　ほら白夜、ござ、あったよ」

「いつも思うんだが、どうしてお前の方が屋敷の物について詳しいんだ？」

「僕が詳しいんじゃなくて、白夜が興味ないだけでしょう？」

達久は丸めたござを肩にかついだまま、からからと笑う。

二人は夜の花見の準備をするために蔵の前にいた。二人の担当はござや行灯といった道具を蔵から探して使えるように埃を払っておくことである。

「まさかさー、真央がここまで朝日ちゃんと仲良くなるとは思わなかったよ。朝日ちゃんもよく受け入れてくれたよね。真央、あんなことしたのにさ」

「……そうだな」

白夜は長年使っていなかった行灯の埃を払いながら、そう頷く。

朝日にはあまり『人を恨む』という感情が備わっていないような気がする。もし備わっていたのなら村の人間に対してもうちょっと何かがあってもいいはずだ。村のことを思い出すとき、彼女の瞳に哀しみはあっても恨みはない。

（もう少し何かあっても、誰も怒らないだろうに……）

白夜はたまに、それにもどかしさを感じてしまう。

「真央さ。朝日ちゃんに完敗って感じみたいだったよ。まあ、あそこまでしたのに二人の関係を引き裂けないんじゃ、諦めるのも仕方ないよね」

「元々、真央は別に俺のことなんて好きではないだろう？」

「そう？」

「優しくしてくれた兄の友達に、似たような感情を持っていただけだ。そもそも、あれは、これぐらいのことで、踏ん切りがつくような感情じゃない」

誰かが誰かに恋い焦がれるという感情を、白夜はまだ知らない。けれど、大蛇としては身にしみてわかっている。大蛇はその感情により身を滅ぼして、それでもまだ彼女のことを想っているのだから。

「白夜が言うと、言葉が重いねー」

「ふざけてるのか？」

「ふざけてないよ。本当にそう思ったんだよ」

達久は苦笑を漏らした後、空を見上げる。

「それよりも、今晩天気がいいと良いね。せっかくの夜桜なんだしさ。今晩見られなかったら、今年はもうみんなで桜なんて見る機会ないだろうし」

「今年が無理なら来年見れば良いだろう」

「来年、ね」

不自然に繰り返した達久の言葉に、白夜は彼を見た。

「来年、僕らはきっと白夜のそばにいるけど、朝日ちゃんがそうだとは限らないからさ。僕としては、やっぱり今年見ておきたいなと思って」

その言葉に、白夜は自分が当たり前のように来年も隣に朝日がいると思い込んでいたことを知る。

（そうだ。俺は、彼女を——）

殺すつもりなのだ。

幸せにしてから、という猶予はあるが、来年までその猶予が続くことはないだろう。

白夜の願いが叶ったら、来年には、朝日はもう隣にいない。

あの微笑みが自分に向けられることはない。

どうして忘れていたんだろう。あんなに願っていたことなのに。

恨みを、憎しみを、忘れてしまったわけでもないのに。

白夜はぎゅっと拳を握りしめた。

数時間後——

結局、花見の場所は近くの公園になった。

「うわぁあ。満開です！」

「まぁ、まぁ！　綺麗ですねぇ」

「他に花見客もいるわね。でも、あのあたりならまだ場所空いているんじゃない？」

前を行く女性陣たちの言うとおり、公園の桜は満開だった。点在しているガス灯が、薄紅色の花たちを優しく照らしている。風が吹くたびにはらはらと舞い落ちる花弁が、綺麗であると同時になんだかはかなく見えた。

「お弁当もなんとかできましたし、よかったですわね」

「五人分の食事って、結構な量作るのね。なんだか急に言って悪いことしたわね」

「とんでもないです！　真央さんが提案してくださらなかったら、こんな機会なかったと思うので、私はとってもよかったです！」

「そう言ってもらえたのならよかったわ。……で」

先ほどまで笑みを浮かべていた真央が急にこちらを向く。

「白夜はなんで心ここにあらずって感じなわけ？　というか、ちょっと不機嫌？」

「いや……」

「呆けてるんだよね？　夜桜があまりにも綺麗だから」

達久の助け船に白夜は「まあ、そうだな」と頷いた。

それでも真央は唇をとがらせる。

「それなら良いんだけど。でも、できるだけ楽しそうにしてよね！　一応、思い出作りがしたくて企画したんだから！」

白夜がそれに「悪かった」と返すと、隣に朝日が寄ってくる。そうして、袖をついついと引っ張ってきた。こちらを見上げる彼女の笑みには屈託がない。

「白夜様。お花見、楽しみですね」

「……ああ」

朝日の笑顔にこちらの口角まで自然と上がりそうになり、白夜は唇を引き結んだ。

(俺は、彼女を殺さなくてはならないのに——)

そうして宴会は始まった。三人で作ったというお弁当は、いつもよりもどこか気合いが入っているように見える。

炊き込みご飯のおにぎりや、だし巻き卵。海老《えび》の天ぷらに、定番の煮物。香ばしく焼いた鰆《さわら》が重箱の真ん中に並んでおり、別の入れ物には食後に食べるために作ったのだろう、桜餅が入っていた。とにかく、盛りだくさんだ。

「白夜は、お酒飲む?」

達久がそうお猪口《ちょこ》を差し出してくる。白夜がそれを受け取ると、彼は酌をしてくれた。白夜が酌を返すと、今度は「ありがとう」と笑う。

きっと白夜の雰囲気が暗いから気を遣ってくれているのだろう。

いつもこういうときに実感してしまう。自分より達久の方が人間ができている、と。

少し先で、三味線の音が聞こえる。酔っているにしては軽快な演奏に、朝日がそちらの方を見て楽しそうに頬を引き上げた。

それを見て、わずかに心が浮《うわ》ついた自分に腹が立つ。

白夜はそんな自分をかき消すようにお猪口の酒を一気にあおった。

そうして、席を立つ。

「白夜？」

「ちょっと出てくる」

宴会を抜け出したのは、あの楽しそうな場の雰囲気を壊したくないからというのと、朝日の楽しそうな顔を見て、同じように喜ぶ自分を認識したくなかったからだ。

（それと――）

楽しそうに会話をしているそれぞれに背を向けて、白夜はガス灯の光をたどるように歩く。そうして丘に続く階段を登り、公園の一番奥にあるひときわ大きな桜の木の前で足を止めた。

「やっぱりここだったか」

そう呟いてしまったのは、記憶の中にこの場所があったからだ。

当時は公園なんてなかったので気がつかなかったが、ここはかつて大蛇が宵子と一緒に桜を見た場所だった。

『蛇様、綺麗ですねぇ』

おっとりとした宵子の声が脳裏に蘇る。

『来年も一緒に来ましょうね？』

そう言って笑った数ヶ月後、宵子は大蛇を裏切った。

彼女にしか入れないようにしていた大蛇の聖域に他の人間を招き入れて、大蛇が死ぬ原因を作ったのだ。

愛していたのに。他にはなにもいらないと、互いに契ったはずだったのに。

一体どこまでが本当で、どこからが嘘だったのだろうか。

一緒に笑い合ったことも、語り合った言葉も、握りあった手も。

全部全部嘘だったのだろうか。

『蛇様』

「白夜様」

その声は記憶の中の声と重なった。

声のした方を見ると、こちらに向かって歩いてくる朝日がいた。

「朝日？」

「探しました」

そう言って彼女はこちらに向かって微笑んだ。

朝日は白夜の隣に並ぶと、先ほどの白夜と同じように桜の木を見上げた。

「わぁ、綺麗ですね」

その表情がまた宵子と重なる。同時に達久の声が耳の奥で蘇った。

『来年、僕らはきっと白夜のそばにいるけど、朝日ちゃんがそうだとは限らないからさ。僕としては、やっぱり今年見ておきたいなと思って』

来年、彼女はここに居ないかもしれない。

(本当に、そうだろうか。自分は彼女を)

殺せるのだろうか。

朝日に対して、情が移ってきているのはわかっていた。

私のではなく、俺の情が移ってきている。

それが同情なのか、友情なのか、愛情なのかはわからない。けれど、自分の中にためらう気持ちが生まれてきているのは確かだった。

だけど、そんなもので彼女に対する憎しみが消えるはずがない。

そんなことで、この忌まわしい呪いを解くことを諦められない。

(殺せなくなる前に殺しておかないと)

白夜は朝日の首に触れる。

今この場所には人はいない。このままここでひと思いに殺してしまえば、誰にもばれることなく彼女を殺せるかもしれない。

「白夜様？」

首に触れてきた白夜を、朝日は見上げる。

その顔にはこちらを疑う気持ちなんて一つも見て取れない。

（彼女が裏切らなければ、私は死ななかった。私が死ななければ、俺は生まれなかった）

白夜は心の中で、ためらう自分にそう言い聞かせる。

（俺が生まれなければ、あんな形で母は死ぬことはなかった）

母親の暗く沈んだ最期の声が耳の裏に蘇る。

『白夜のお腹にあの白い蛇がいるの。全部、全部、私が切り離してあげる』

（全部、彼女が悪いはずだ）

そうして親指を喉の中心に当てがったときだった。

『私は人の姿だとしても、私を傷つけようとする者の方がよほど怖いです』

いつかの朝日の声がした。

『でも、白夜様はそういうことはしないのでしょう？』

『それなら、たとえ蛇の姿でも、白夜様が怖いなんてことありません』

『白夜様がご迷惑でなければ、私はこれからも白夜様のそばにいたいです』

白夜は手を下ろした。

「白夜様、どうしたんですか？　怖いお顔になっていますよ？」

「大丈夫だ」

「本当ですか⁉　もしかして、体調が悪いのではないですか？」

朝日の慌てように、白夜は思わず笑ってしまう。

どうして笑われたかわからない朝日は「白夜様？」と首をかしげた。

「君が嫌な人間だったら良かったのに」

「え？」

「なんでもない」

そう話を切り上げた白夜のことを、朝日はそれ以上追求しなかった。

彼女は黙ったまま、白夜を見上げていた視線を桜の方に向ける。

「……桜、綺麗ですね」

「ああ、綺麗だな」

そう答えながら、白夜は横目で朝日を見下ろした。

大丈夫だ。別に殺さないわけじゃない。ただ——

(今じゃないだけだ)

◆◇◆

みんなで夜の花見をした日から数日後――

「本当に帰られるんですね……」

「だから！　なんで貴女が一番悲しんでいるのよ！」

「だってぇ……」

そのやりとりは真央の部屋でなされていた。家に帰るため荷物をまとめる真央を手伝いながら、朝日は眉をハの字にしている。

部屋の中には朝日と真央しかおらず、達久は真央を実家に送るための車の準備、スズは道中で食べる昼食の弁当作りをしていた。

「そんな寂しそうにしなくても、また来てあげるって言ってるでしょ！」

「それは、そう、ですが……」

「もうっ！　まったく貴女って、変な性格しているわよね」

「すみません」

「違うわよ。褒めてるの！」

そう言って真央は唇をとがらせ、ふいっと顔を背ける。

その頬が少しだけ赤く染まっているのは気のせいではないだろう。真央の『褒めている』の意味はわからないが、なぜだかその表情は少しだけ嬉しかった。

真央が持ってきていた荷物は、途中で実家から送ってもらったものも含めてトランク二つ分だ。二人はそれを手際よくまとめていく。

「それにしても、これから大変だろうけど、頑張ってね」

不意にかけられた真央の言葉に朝日は「大変?」と首をかしげた。

真央は朝日の方を向かず、手だけは動かしながら、話を続ける。

「巳月家は華族ってだけじゃなく十二宗家だから。関わろうとするなら、いろいろ覚悟がいるだろうって話。……まあ、それは、うちもだけどさ」

「覚悟、ですか?」

「この先、貴女はいろいろ選択を迫られると思うの。自分か他人か。個か家か。自由か責任か。真実か嘘か。そうやって取捨選択していって、他を捨ててきたのに、何も報われないなんてこともあるかもしれない」

「それは――」

「だから一つだけ助言をしてあげる」

そこで真央の顔がこちらを向く。

「大切なものはたった一つだけにしておきなさい。全てを選ぼうとするのではなくて、これは譲れないってものをたった一つだけ。それ以外は自分でさえも捨てるつもりで選択しなさい」

「捨てる……」

「別に脅かしているわけじゃないわよ。ただ、貴女がどういう形であれ、十二宗家に関わろうとするなら、それぐらいの覚悟をしておいた方が良いって話。みんながみんなお兄様や白夜みたいに優しくないんだから。……無駄に傷ついたって仕方がないでしょう？」

正直、真央の言っている言葉の意味を全て飲み込めたかと言われたら、答えは否だった。けれど、言葉の端からにじみ出てくる優しさに心が温かくなる。

「真央さん、ありがとうございます」

「なんで、お礼なんか言うのよ」

「だって、私のこと心配してくださったんですよね？」

その言葉に、赤みが収まっていたはずの真央の頬が、もう一度赤くなる。

「うるさいわね！　そんなわけないでしょう」

「……そうなんですか？」

「やめなさいよ、そこで傷ついた顔するの！　照れ隠しに決まっているでしょう！」

頬を赤らめながら、真央が叫ぶ。その否定に朝日が目を輝かせると、真央は「あー、もう！　調子が狂うわね」と腹立たしげに頭を掻いた。

「白夜のこと、好きなんでしょう？」

「え!? あ、あの、それは……」

「頑張ってね。朝日」

そう言ってくれる真央の気持ちが嬉しくて、朝日は「はい！」と元気に返事をした。


それからお昼になる前に真央は屋敷を去って行ってしまった。

小さくなっていく車に、朝日は屋敷の前で、はあっ、と息をつく。

（私は、真央さんとまた会えるのでしょうか……）

真央はまた来ると言っていたが、朝日がそれまで屋敷にいるという保証はない。

そろそろ潮時だと感じてからもう一ヶ月が経とうとしている。いろいろあったせいでここまでずるずると居座ってしまったが、もう限界だろう。正直、迷惑をかけすぎている感が否めない。

白夜が言っていた『宵子から受けた恩』に、これ以上甘えるわけにもいかない。

（お仕事を探さないといけないですね）

スズに聞いたところ、街には口入れ屋という仕事を斡旋《あっせん》してくれるところがあるらしい。そこでは住み込みの仕事も斡旋してくれているとか。

尋常小学校も出ていないような自分に仕事があるかどうかはわからないが、一度拾った命をむざむざ捨てるわけにもいかないので、頑張るしかないだろう。ちなみに、真央に勉強を教えてもらっていた背景に、こういう思いがないと言えば嘘になる。

朝日は屋敷を振り返る。離れるとなると、目の前の光景がことさら愛《いと》しくなってくる。

貸し与えられた幸せなのだから、いつまでもすがりつくことはできないとわかっていたはずなのに、浸っていた湯の温かさになじみすぎて今更ながらに離れるのが辛いのだ。

（白夜様にもきちんとお別れを言わないといけないですね）

そう思うと同時に、先ほど告げられた真央の言葉が蘇ってくる。

『白夜のこと、好きなんでしょう？』

言われるまでもなく、白夜のことは好きだ。こんなに世話になっておいて、助けてもらっておいて、支えてもらっておいて、彼のことを好きにならないはずがない。けれど朝日の認識している『好き』はスズや達久に向けているものと同じもので、真央の言っているものではないだろう。彼女の言っている『好き』はきっともっと特別なものだ。それぐらい、朝日にだってわかる。

（私は白夜様のことが好きなんでしょうか？）

それを考えることは、今まで触れてなかった自分の心の奥底に触れる行為のような気がした。柔らかくて、温かくて、触れると少しだけ痛いそこに、朝日の知らないうちに誰かが棲《す》みついているのだろうか。

『大丈夫だ、朝日。俺はお前のことを捨てはしない』

『少なくとも君は、愛されて生まれてきたのだと思う』

白夜の優しい声が脳裏に蘇る。

それと同時に胸が苦しくなって、幸せだと思う気持ち以上に涙が出そうになった。

これからどんなに辛いことがあったって、彼からもらった言葉で乗り越えられそうな気がしてきてしまう。

朝日は一人静かに胸を押さえた。

(これが特別じゃないのなら——)

一体どの『好き』が特別なのだろう。

◆◇◆

真央を実家まで送った達久が、巳月邸に帰ってきたのは、日付が変わる直前だった。

水を飲むために起きていた白夜は、玄関の前で帰ってきたばかりの彼と鉢合わせした。

白夜を見つけた達久は長時間の運転を感じさせない笑みを浮かべたまま片手をあげる。

「ただいま」

「……帰ってきたのか」

「帰らない方が良かった？」

「そういうわけじゃない。わざわざこっちに帰ってこなくても、と思っただけだ。今日ぐらいは向こうに泊まれば良かっただろう？」

「いやまあ、あまりここを空けるのもね。今夜はスズさんもいないし」

達久はそう言って苦笑を浮かべる。彼がここにいるのは、白夜が朝日を殺さないようにするためだ。一晩空けたことで、白夜が凶行に及ぶのを懸念しているのだろう。スズも今日は家族に呼ばれたとかで屋敷を空けていた。

「でもまあ、最近は多少ここを空けてもいいかなぁとは思っているんだけどね」

「ん？」

「白夜、もう朝日ちゃん殺す気なさそうだからさ」

突然切り込んできた達久の言葉に、白夜は一瞬息を止める。

返した声は想像以上に低かった。

「……ふざけたことを言うな」

「ふざけてないよ。前からそういうことをできるやつだとは思ってないけどさ。ここ最近のお前は、どこからどう見ても朝日ちゃんのことを特別視してるから」

「なにを——」

「じゃあさ、どうして朝日ちゃんがあの徹って男について行くのを止めたの？」

白夜の言葉を遮るように放たれた問いに、言葉が詰まった。

「それは、殺す前に逃げられたら困るだろう？」

「でも、きっと彼は朝日ちゃんのことを幸せにしてはくれるんじゃない？」

「……」

「あんな大店の妾なんて、なかなかなろうと思ってなれるわけじゃないし。こんな方便だけの婚約者より、よほど朝日ちゃん的には良いんじゃないかな？」

「俺はあいつをただただ幸せにしたいわけじゃない」

「最後に殺したいんだよね。わかってるよ。でもそれこそ、いくらでも方法あるでしょ？　人を雇っても良いし、拐かしてから殺してもいい。『幸せにしてから殺す』ってことが目的なら、僕は別に白夜が幸せにしなくても良いと思うんだよね」

「……お前はさっきからなにが言いたいんだ」

どこか当てつけのように聞こえる言葉に、白夜の眉間に皺が寄る。

こちらを見る達久の目も真剣だった。

「お前には、朝日ちゃんは殺せないって言ってるの」

「俺は──」

「もういい加減、自分のものでない記憶に振り回されるのはやめろよ」

今まで触れられてこなかった箇所に急に触れられて、白夜は思わず息をのんだ。

達久は上がりかまちを上がりながら、白夜に一歩踏み出した。

「今のお前は、ただ自分の憂さを晴らすために八つ当たりをしているだけだ。朝日ちゃんを殺して本当に呪いが解けるかどうかもわからないのに。それじゃ、お前も朝日ちゃんも誰も幸せになんて──」

「お前になにがわかるんだ！」

感情のままに吐き出した声は、いつもよりも大きく、そして、低かった。

無意識に摑んでいた胸ぐらの手が小刻みに震えている。

しかし、白夜の激高に、達久はまったく怯む様子を見せなかった。

「わかるわけがないだろ。僕はお前じゃない！」

「なら──！」

「でも、手放せないんだろ？　あの姿を初めて受け入れた彼女をそばに置いておきたいんだろ？　惹《ひ》かれているのなら、さっさと認めて楽になれよ」

なにも言葉が返せなかった。

でも、『返せない』ことがもう、この感情の行き着く答えのような気がする。

「正直さ、黙っているつもりだったんだよね。最近の二人、すごく仲が良かったからさ。だけど、あそこまで離したくないと思っているのに、それを自覚できないんじゃ、誰かが背中を押さないと、いつか間違いが起こっちゃうかもしれないなって」

達久はなにを見たのだろうか。もしかして、花見の最中に白夜が朝日の首に手を伸ばすところを彼は見てしまったのだろうか。

「俺は――」

「さっきは『わかるわけがない』って言ったけどさ。これだけはわかるよ、白夜」

達久の色素の薄い瞳が白夜を貫く。

「お前は朝日ちゃんを殺せない。万が一殺してしまったら、たとえ呪いが解けたのだとしても、お前は一生後悔する」

それは忠告と言うよりは、予言に近かった。

言いたいことだけ言って、達久はさっさと部屋に戻っていってしまった。

そんな彼を追いかけてまで文句を言う気にもなれず、だからといって眠る気にもなれない白夜は一人庭を歩いていた。頬を撫でる風はもう温かく、防寒具は必要ない。

白夜の頭の中には、まだ先ほどの達久の言葉が駆け巡っていた。

『今のお前は、ただ自分の憂さを晴らすために八つ当たりをしているだけだ』

『あの姿を初めて受け入れた彼女をそばに置いておきたいんだろ？』

『お前は朝日ちゃんを殺せない。万が一殺してしまったら、たとえ呪いが解けたのだとしても、お前は一生後悔する』

一体、彼になにがわかるというのだろうか。

頭の中にあるもう一つの人生も、この胸の葛藤も、『黄泉還り』として生きていく悲哀も。なにひとつわかっていないのに、

（すべてをわかったような顔をして――）

それが一番腹が立つ。

第一、朝日に惹かれているなんてこと、あり得ない。

彼女は恨むべき対象で、憎むべき人間で、怒りを向けるべき存在で。

この胸にそれ以外の感情があったとしても、それは一時の気の迷いで、そうでなくとも憎悪で上塗りできるほどの些細《ささい》な、薄っぺらい感情のはずだ。

（花見のときは、そんな気になれなかっただけで――）

あんなどこにでもあるような優しいだけの穏やかな感情で殺せなくなるなんてこと、あるはずがない。

そんな風に考えながら下唇をかみしめたときだった。

「白夜様」

声に振り返れば、肩に羽織を引っかけた寝間着姿の朝日がそこにいた。彼女はいつもよりどこかおびえた表情で、それでもためらうことなくこちらに歩み寄ってくる。

「その、怒鳴り声のようなものが聞こえたので、心配で……」

「……どこまで聞いていた？」

「会話の内容はほとんどなにも。白夜様の怒鳴り声だけが聞こえてきて……」

「そうか」

答える声はいつもより低い。けれど、今日はなんだか取り繕うことができなかった。もしかしたら、今晩が晦《つごもり》だからかもしれない。明日の晩には、またあの忌まわしい姿になってしまう。そう思うと逸《はや》るものがあるのも確かだった。

「あの、手。大丈夫ですか？」

その証拠というように、朝日がそう言って伸ばしてきた手を、白夜は無意識に振り払ってしまう。

「触るな！」

「だ、だめです！　治療しましょう」

「治療？」

珍しく抵抗してくる朝日と、『治療』という単語に白夜は思わず手のひらを見た。

すると、そこには傷が四つほど等間隔についていた。そこから赤い血が流れている。

自身の爪が食い込んだ痕だと気がついたのは、朝日に手巾を巻かれた直後で、呆ける白夜に朝日はいつもより頑なな声を出した。

「化膿でもしたら、危ないですから」

そのまま手を引かれ、白夜は朝日の部屋に連れて行かれた。

そうして気がつけば、傷口に消毒液を塗布され、包帯が巻かれていた。

寺脇家でよくやっていたのだろう、彼女は治療の手際も良かった。良すぎて、止める隙間がなかったほどだ。

朝日の小さい両手が、最後の仕上げだというように白夜の手のひらをぎゅっと包み込む。その温かさになぜか胸が詰まって、戸惑った。

白夜はせり上がってきた名前のわからない感情から目をそらすように、口から言葉を吐き出した。

「君はどうしてこんな時間まで起きているんだ？　もしかして、起こしてしまったか？」

「い、いえ。起きていました！　少し、考えることがあって……」

「考えること？　なにか悩みごとでもあるのか？」

「悩みごとといえば……そうですね」

妙に歯切れが悪い朝日の頬が、なぜだか少しだけ桃色に染まって見えた。

「どんな悩みなんだ？」

「そんな、たいしたことではないので！」

「たいしたことじゃなくても、君はそれで悩んでいるんだろう？」

胸の内を誤魔化すための、場を繋《つな》ぐための会話だったはずなのに、白夜はそう重ねて聞いてしまう。彼女の悩みなんて聞かなくても良いはずなのに、妙に気になって仕方がない。

朝日は白夜の手を持ったまま視線を下げた。

「ただの、私のわがままなんです。だから、その、相手に迷惑もかかることですし」

「君は謙虚すぎるきらいがある。少しぐらい迷惑をかけても誰もなにも言わないだろ」

「そう、ですかね」

「ああ。それに、本当に嫌なら相手が断る」

朝日はそのまましばらく黙った後、こちらを見上げた。

先ほどは見間違いだと思った頬の色が、はっきりと朱色に染まっている。

「あ、あの、それなら一つだけ、白夜様にお願いがあるんですが良いでしょうか？」

「なんだ？」

「私をここで雇ってくださいませんか？」

まるで一世一代の告白をするように朝日は声を絞り出す。顔はこれ以上ないというほどに赤くなっており、なぜがそれが妙に胸をざわつかせた。

「ほ、本当はここを出て行くのが道理なんでしょうが、でも私、ここにいたくて！　あ、でも、スズさんを解雇して欲しいとかじゃなくて！　できれば一緒に……」

「……どうして」

その『どうして』にはいろいろな意味が含まれていた。

どうして、いきなり出ていくという話になるのか。

どうして、雇うなどという話になるのか。

どうして、今のままではだめなのか。

けれど、全ての意味を掬えない朝日は、赤ら顔のまま、必死に白夜の『どうして』に答えを返そうとする。

「ここの皆さんがとても優しくしてくれるのが、すごく嬉しくて！　私なんかじゃ役に立たないかもしれないというのはあるんですが、できれば一考していただけたら……と。ああ、でも！　無理なら諦めます。困らせたいわけではないので。でも、できれば――」

そこで、白夜の手を握る朝日の両手の力が少しだけ強くなる。

「これからも、白夜様のそばにいさせていただきたいです」

『これからも、蛇様のそばにいさせていただきたいです』

重なった声に、息が止まった。

瞬きをすると、なぜか姿も重なってしまう。

「たった一つしか選べないのなら、私は白夜様が良いです」

『たった一つしか選べないのなら、私は蛇様が良いです』

そこにいたのは、朝日であり宵子だった。

彼女たちは恥ずかしそうに俯いた。

「……お慕いして、おります」

それは正しく衝動だった。

気がついたら、白夜は朝日のことを押し倒していた。

そうして、両手で朝日の首を締め上げる。

驚愕に見開かれた朝日の瞳に、険しい表情の自分が映り込んでいた。

「びゃく、や、さま」

苦しそうな朝日の声が耳に届く。

その声を聞きたくなくて、白夜は両手に力を入れた。

手の平で喉を潰すように体重をかける。

「……ぅぁ」

抵抗らしい抵抗をしないまま、朝日が小さなうめき声を上げる。

しかし、白夜はそれ以上手に力を込めることができなかった。

どれだけ体重をかけようとしても身体が言うことを聞かない。

（これでは――）

これでは人を殺すなんてことはできない。苦しめるのが、せいぜいだろう。

うまく動かない身体に、いらだちと焦燥が募る。

自分がなにをしたいのかがわからない。だって、自分はこのために、今まで――

朝日の顔が苦しそうに歪む。目尻に涙の玉が浮かんだ。

それを見ていられなくて、白夜は朝日の首から手を離した。

朝日の上から身体をどかすと、彼女は咳《せ》き込みながら身体を起こした。擦っている喉には赤い痕が残っている。きっと明日には痣になってしまっていることだろう。

荒い呼吸を繰り返す朝日を置いて、白夜は立ち上がる。

「びゃく……」

「全部、嘘だ」

冷たく言い放った白夜に、朝日は「え？」と顔を上げる。

「俺が君に優しくしていたのは、全部、全部、嘘だ」

「うそ？」

「前に、俺には前世の記憶があると言ったな。『黄泉還り』だと。そこで俺は、昔君に世話になったと言った。だけど、あれは違う。本当は君に世話になったのではない。——私はお前に殺されたんだ」

朝日が息をのんだのがわかった。けれど、今はそんな気配でさえも感じたくなくて、白夜は身体の中に溜まっていた言葉を吐き出した。

「かつて、私は人と共に生きていた。人々は私を神として祀り、私もできるだけ彼らの神として振る舞っていた。たいしたことはできなかったが、怪我を治すことと、森から獣を追い払うことで、彼らの生命をできる限り守っていた。お前は私の世話をするために選ばれた巫女で、私はお前のことをこれ以上ないぐらいに信用していた」

愛していたと言わなかったのは、これ以上むなしくなってしまいたくなかったからだ。一方的な愛なんて、ただの執着でしかない。だって彼女は——

「お前は私を裏切った」

「裏切った？」

「お前にしか入れないようにしていた神域に、他の者を招き入れたんだ。彼らは私を討伐するためにやってきた者たちで、私の水場に毒を流した。……私が治せるのは、傷だけだからな。病や毒はどうにもならない。きっとそれも、お前から聞いたんだろうな」

言葉があふれて止まらなかった。

堰《せき》を切った感情は、乱暴に荒々しく目の前の彼女にぶつけられる。

「そこからはもう、されるがままだったよ。毒のせいで治りが遅くなった私の身体を彼らは自由に切り刻んだ。矢を射られ、片目を潰され、それでも二十ほどの人間を道連れにして、私は死んだ」

そこから先は、朝日に、というより、自分に言い聞かせる言葉だった。

「ずっとずっと、お前を殺したくて仕方がなかった。お前のことは、生かすために助けたんじゃない。殺すために助けたんだ。私のこの手でむごたらしく。これ以上ないほどに幸せにしてから、死にたくないと懇願する声を聞きながら殺すつもりだった！」

「……」

「そうすれば、俺の呪いも解けるはずだった！」

朝日の瞳からポロリと涙が零れた。目から次々と生み出されるそれは、頬の上をころころと転がり、彼女の膝に、畳の上に、落ちていく。

「そう、ですか。そう……だったんですね」

なぜか口元に笑みを浮かべたまま涙を流す朝日から、白夜は目をそらす。

「全部、嘘。そっか、全部。ぜんぶ、かぁ……」

朝日は静かに項垂れた。握った手のひらが何かに耐えるように小刻みに震える。

力を無くした朝日の身体は先ほどよりも一回りも二回りも小さく見えた。

「慕っているなどと二度と言うな。気持ちが悪い」

「はい」

朝日はその場にうずくまるようにして頭を下げた。

「好きになってしまって、ごめんなさい。……すみません、でした」

第五章

「ボロが生きてただと!?　それは本当か、一臣さん!?」

　寺脇家の広間にその声は響いた。行灯が照らす室内には、十数人という村の男衆が集まっている。その中心には、この村の地主である寺脇一臣がいた。

　彼はどこか深刻な表情で、村の人間たちを見回した。

「ああ、うちによく来る商人が、街の方で会ったそうだ。話したと言っていたから、人違いではないらしい」

「つまり、あの崖から落ちて助かったということか？」

「そもそも、ボロは迎えに来た蛇神様に食われて死んだはずだろう!?」

「そうだ。俺も蛇神様は見たぞ！」

　そう口々に声が上がり、広間にざわめきが満ちた。

　儀式の日、村人たちは奇妙なものを見ていた。崖から伸びた太くて大きな白蛇の身体。

それは見間違いかと思うほど一瞬で。けれど、その影が通った後、ボロの身体は忽然と消え失せたのだ。

だから村人たちは儀式が成功したと思い込んでいたのに……

「まさか、ボロは食われる前に逃げ出したのか!?」

「あれだけよくしてやったのに、お役目も果たさずに逃げたと言うんか!」

「そうに違いない! だから最近、村で流行病が蔓延《まんえん》しているんだ」

「山田《やまだ》さんとところの嬢ちゃんも倒れたらしいじゃないか」

「川村《かわむら》さんのところのお父さんもだよ。あんだけ元気だったのに……」

悲鳴のような声があちこちから上がる。中には、「一臣さん、どう責任取ってくれるんだ!?」と半狂乱で、一臣に詰め寄る者もいた。

生け贄の儀式は寺脇家主導で行われたものだ。だから、儀式の失敗は一臣があがなわなければならないと考えている者もいるようだった。

「儀式をやり直しましょう」

その高い声は、野太い男衆の中でよく通った。発したのは広間の隅にいた澄子で、彼女は母親である千代の制止も聞かず、さらに言葉を続けた。

「儀式をやり直すんです。それしか方法はないわ」

「やり直すつったって、ボロの代わりに誰を――」

「ボロを捕まえてくるんです」

「ボロを？」

先ほど以上にざわめきが大きくなる。

澄子は背筋を伸ばしたまま、凜とした声を出した。

「迎えに来たということは、蛇神様はボロを気に入ったということでしょう？　それならボロを攫《さら》ってきて、もう一度崖から蛇神様に献上すれば、怒りは収まり、この村は救われるのではないですか？」

「しかし……」

「つまり、人を拐かすということですよね？」

村人たちは顔を見合わせて互いに首をひねった。その目には困惑が見え隠れする。

元々生け贄のためにと育ててきた少女を崖から落とすならまだしも、わざわざ攫って殺すだなんて、抵抗感があるのだろう。

澄子はそんな彼らの背中を押すようにもう一度口を開いた。

「でも、いまボロを生け贄に捧げなければ、この村は流行病に滅ぼされてしまうかもしれない。いま寝込んでいる人たちも、もう治らないかもしれない。貴方たちはそれでいいのですか？　死んでいくのはきっと女子供からですよ。貴方がたの妻や子供から死んでいくんです」

しん、と場が静まりかえる。

それぞれが何かを考えるような表情になり、やがて一人の男が声を上げた。

「お、俺たちは自分の家族を守りたいだけだ」

「そうだ。第一、ボロがお役目を放棄したのがいけないんだ」

「わしたちはそのとばっちりを受けているだけだ」

「やっぱりボロに生け贄になってもらうしかねぇ！」

そうだ、そうだ、と声が上がる。彼らは完全に熱に浮かされていた。

彼らの胸に灯った炎に、澄子は静かに油を注いだ。

「もう一度、ボロを生け贄に捧げましょう」

◆◇◆

鏡を見ると、そこには泣きはらした目のひどい顔の女がいた。鼻や目元は赤くなっており、顔は妙に浮腫《むく》んでいる。控えめに言って不細工だ。この上なく。

首には、赤から青に変わり始めた痣があり、指先で押すと鈍い痛みが走る。

朝日は鏡に映る自分の姿を見て、昨晩の出来事が夢ではないということを知った。

（そもそも寝ていないのだから、夢もなにもないのだけれど……）

どうして自分が泣いているのかもよくわからないまま、ぽろぽろと零れる涙を見つめていたら、気がついたら朝になっていた。これでもかと涙を流したのに、まだ瞬きをすると涙が一つ頬を滑る。

（まあ、自分でも都合が良すぎる話だとは思っていたけれどね……）

それでも、全部が嘘だとは思わなかった。ここからまた地獄に落ちるようなことがあるかもしれないと予想はしていたけれど、覚悟もしていたけれど、まさか今いる場所が天国のように見せかけた地獄だとは思わなかったのだ。

かけてくれた優しい言葉も、頭を撫でてくれた温かい手も、胸が締め付けられるような穏やかな笑みも、全部全部嘘だった。なにも本当のことなんてなかった。

『大丈夫だ、朝日。俺はお前のことを捨てはしない』

（あれも、嘘）

『少なくとも君は、愛されて生まれてきたのだと思う』

（あれも……）

『「私なんか」なんて使うな』『それなら、ずっとうちにいればいいだろう』『ありがとう。大切にする』『よく似合っている』『綺麗だな』……

（あれも、あれも、あれも……）

先ほど流れた涙を寝間着の袖で拭うと、昨晩の白夜の言葉が蘇ってくる。

『ずっとずっと、お前を殺したくて仕方がなかった。お前のことは、生かすために助けたんじゃない。殺すために助けたんだ。私のこの手でむごたらしく。これ以上ないほどに幸せにしてから、死にたくないと懇願する声を聞きながら殺すつもりだった！』

『慕っているなどと二度と言うな。気持ちが悪い』

（申し訳ないことをしてしまった）

殺したいほどに恨んでいる相手からの好意なんて、嫌に決まっているだろう。

朝日だって、直前まではそこまで言う気などなかった。迷惑をかけてしまうのは嫌だったし、万が一にでも受け入れてくれるとは思ってなかったからだ。だから『ここで雇って欲しい』と、その願いだけ伝える気でいたのに、口から滑り出した気持ちが思わぬ速度を持ってしまって、気がついたときには全てを詳《つまび》らかにしてしまっていた。

「殺されるのなら、今晩なのかしら」

朝日は首元を擦りながら、そう呟く。

今晩は朔日だ。あんなに殺したいと言いながらも朝日を殺さなかった理由は、蛇の姿で殺すのが目的だからなのかもしれない。締め上げて殺されるのか、牙を突き立てて殺されるのかはわからないが、むごたらしく殺すのが目的なら、大蛇の姿は確かに最適だろう。

（本当は、逃げた方が良いのでしょうけど……）

朝日はあまり逃げる気にはなれなかった。

それに、どうせここから逃げ出しても行く当てがない。スズに聞いた口入れ屋がどこにあるのかもわからないし、定住先も学もない彼女を雇ってくれるところがあるかもわからない。徹だって今更朝日を受け入れたいなんて思わないだろう。

ここを飛び出していっても、せいぜい道端でのたれ死ぬのがおちだ。

(なにより……)

この期に及んで朝日は白夜のそばを離れたいとは思えなかった。

殺されかけているのに、それでもそばにいたいと思ってしまう。

「どうせ一度落とした命なのだから、どこで捨てようがかまわないわよね」

それに、誰からも望まれていない命なのだから、どう扱おうが朝日の自由だろう。

それならば、死に方だけでも望まれたようにしたかった。

白夜の憂いが晴れるのなら。

白夜の呪いが解けるのなら。

きっと、それが彼への恩返しだ。

全部嘘だったけれど、彼が優しい言葉をかけてくれたのは本当だから。それで朝日は確かに救われたのだから。

朝日は、いつの間にか伝っていた涙を袖で拭うと、立ち上がった。そして、眆の空気を全て吐き出す。

「今晩死ぬのなら、いろいろ準備しとかないとね。捨てやすいように荷物をまとめて、皆さんにお礼のお手紙を書いて……」

それと、大事なことがもう一つ。

「そうだ――」

「朝日様、おはようございます」

そこまで考えたときだった。そんな明るい声とともに部屋の襖が開いた。

声のした方を見ると、そこにはスズがいる。

「あ、おはようございます。スズさん。帰ってこられていたんですね」

「ど、どうしたんですか！　朝日様！」

「え？」

「体調でも悪いんですか!?　ひどい顔をしておられますよ!?」

スズの慌てふためく様子とその言葉で、朝日はようやく先ほど鏡に映った自分の顔を思い出した。朝日は苦笑を漏らす。

「平気です。少し眠れなかっただけなので」

「平気ってお顔では……。今日は一日休んでいてください！　白夜様も達久様も今日は早朝から陛下に呼び出されて留守にしているんですよ。なので、今日ぐらいはゆっくりと……」

「あの、それならスズさん、一つお願い事を聞いてもらっても良いですか？」

「え。お願い事、ですか？」

「はい。もし良かったら、街の方までかんざしを取りに行きたくて」

「かんざし、ですか？」

朝日の大事なことというのはかんざしのことだった。

ただの自己満足だが、死ぬときにはそばにかんざしが欲しかった。

両親が残してくれた、朝日の唯一の宝物。

「今日修理が終わると聞いていたので、本当は白夜様と取りに行く予定だったのですが」

「だめでしょうか？」と小首をかしげると、スズは少し考えるそぶりを見せたあと頷いた。

「良いですよ、行きましょう」

「わ。ありがとうございます！」

「ついでに、お昼もあちらで食べちゃいましょうか？」

「え？」

「スズも最近街に出ていなかったですから、たまにはね」

茶目っ気たっぷりにスズはそう言って、片目を瞑った。

それがスズの気遣いだということは鈍い朝日にでもわかる。

きっと辛そうな朝日を励ますためにそう言ってくれているのだろう。

「そうと決まれば、準備をしましょう！　お化粧もしていきましょうね！」

朝日が嬉しそうに「お願いします」と頷けば、スズも同じように目を細めるのだった。

◆◇◆

白夜たちが家路についたのは、その日の昼過ぎだった。

夕方というにはまだ少し早い時間帯。人通りは多いが、個人経営の小さな商店などでは、店じまいを始めているところもあった。

そんな街中を達久の車が走る。白夜は助手席に乗り、じっと外を見つめていた。

隣からは昨日あんな風に喧嘩したと思えないほどの軽快な声が聞こえてくる。

「白夜、なんだか不機嫌だね。もしかして、朝日ちゃんと喧嘩でもした？」

「自分のせいで不機嫌になっているとは考えないのか？」

「僕のせいなら、そんな風に不貞腐《ふてくさ》れてないで直接言うでしょ」

「……そうだな」
「やっぱり朝日ちゃんと喧嘩したんだ」
「喧嘩、か」
白夜は、昨晩の朝日とのやりとりを思い出す。
あんなものは喧嘩でもなかった。
一方的な癇癪《かんしゃく》の押しつけ。身勝手な怒りの発露。独りよがりな感情の発散。
突き詰めれば、ただの我《わ》が儘《まま》だった。
だって、結局白夜は朝日を殺せなかった。
押し倒して、首まで絞めたのに、彼女のことを手にかけることができなかったのだ。
どれだけ恨んでいようが関係ない。無理なものは無理だった。
（それにきっと――）
白夜の中にある大蛇の魂だって、どれだけ恨んでいても宵子のことは殺せない。
彼が死の間際に吐いた呪詛は、哀しみの果てにたどり着いた最悪の強がりだ。
それが、今回のことでわかった。
だから、朝日のことを殺しても意味はない。呪いは解けない。
何もかも、達久の言うとおりだった。
朝日を殺せないことも。白夜の気持ちも。

（帰ったら、謝らないとな……）

許してくれるかどうかはわからない。というか、許してはくれないだろうと思っている。こうやって家を空けている間に逃げ出している可能性も大いにあり得るし、あの徹という男の下へ逃げているかもしれない。

それはそうだろう。そうなっていても、仕方がない。

自分のことを殺そうとした男の下になど、騙していた男の下になど、いなくていいのだ。

しかし、そんな気持ちとは裏腹に、白夜は許しを求めていた。いや、正確には許さなくてもいいからそばにいて欲しいと、そう考えていた。

身勝手な願いということはわかっていて、けれどもうどうしようもなく、それだけしかいらなかった。

そんなことを考えていると、ふと車が屋敷に向かっていないことに気がついた。

「達久。これは、どこへ向かっているんだ？」

「銀細工の工房。かんざしの修理、今日終わるんだろ」

「ああ」

（そういえば、そんな話もしていたな）

本当だったら、今日か明日あたりに朝日と一緒に取りに行くはずだった。

その後二人でまた街を散策しようと約束もしていた。

けれど、今はそんな雰囲気ではないだろう。

「手土産、じゃないけどさ。なにかあった方が謝りやすいんじゃない？」

「そう、だな」

達久の気遣いにありがたさを感じると共に、どうしようもないやるせなさが胸にこみあげてくる。

（まだ、あの屋敷にいれば、だが……）


それから十数分車を走らせて、気がつけば工房にたどり着いていた。

白夜は達久を残したまま車から降りて、店の引き違い戸を横に滑らせた。

工房といっても、店の表の方では作った銀細工を売っているらしく、見た目は雑貨屋のような佇まいをしている。なぜだか店番をしている人間がいなかったので、白夜は奥に向けて声を張った。

「すまない！　修理を頼んだものを取りに来たんだが」

「あ、はーい！」

元気のいい声が聞こえて、パタパタとこちらに向かってくる足音が聞こえる。

店の奥からは前掛けをつけた女性が出てきた。

「巳月家の者だ、頼んだものは――」

「白夜様!?」

名乗った瞬間、突然奥から別の人間の声がした。どこか聞き覚えのある声に固まっていると、先ほど女性がやってきた奥の方がバタバタと騒がしくなる。

「ちょ、ちょっと、まだ寝ていないと危ないですよ」

「これが寝てなんていられますか！　離してください！」

そんな攻防が聞こえた直後に現れたのは、白夜もよく知る人物だった。

「白夜様！」

「スズ!?」

勢い余ってすがりついてきたスズはひどい有様だった。着物は泥で汚れているし、怪我でもしたのか頭には包帯が巻いてある。よく見れば頬には擦り傷もできていた。

スズは今にも泣きそうな表情で白夜の着物を掴んだ。

「白夜様！　朝日様が、朝日様が――！」

「朝日が、どうかしたのか？」

「朝日様が、攫われてしまいました！」

その言葉に、白夜は心臓が止まる心地がした。

◆◇◆

——夢を見ていた。

それはあまりにも幸福な夢だった。日常の延長の、そのまた先の幸せ。

夢の中で、朝日は白夜と話をしていた。いや、正確には白夜ではない。顔や見た目はそっくりだが、髪の毛は腰を越えるほど長く、物腰もいつもよりどこか居丈高だ。

そして、朝日も自分ではない、別の女性になっていた。

白衣に紅袴の巫女姿——

『つまり、私たちが一緒にいるためには、蛇様は神様をやめないといけないってことですか？』

『まあ、お前たちの認識から言えば、そうだな。私とお前のあり方はあまりにも違いすぎる。だから、それを調節すると、まあ、そういうことになってしまう』

『蛇様はいいんですか。神様をやめてしまって』

『私はもともと神様などではない。ただただ長く生きすぎただけの、どこにでもいる獣だ。お前たちが勝手に祀り上げて、神様なんて冠を被《かぶ》せただけだ。だから、別に何も惜しくはない』

蛇様と呼ばれている彼は、まるで覚悟を問うようにこちらをのぞきこんでくる。

『それよりもお前はいいのか？　私が神でなくなるということは、お前も人ではなくなるということだぞ？　私と同じ寿命を生きるということは、人の理《ことわり》から外れて——』

『私は大丈夫です』

朝日の口は勝手に動き、はっきりとそう言い切った。

『だって、それしか蛇様と一緒に生きる方法がないのでしょう？　それならば、私は人でなくなってもかまいません』

二人の手が重なる。

朝日の頬は自然と紅潮し、口元は綻んだ。

『たった一つしか選べないのなら、私は蛇様が良いです』

『……そうだな。私もこれからの生の大半にお前がいるのならば、それだけでいい』

そういう彼の顔も微笑んでいた。


朝日はそこで目が覚めた。

最初に感じたのは、背中に伝わる冷たい石の感触だった。次いで、天井に映し出される、ろうそくの灯り。首をねじってあたりを見回せば、太い木の柱でできた格子が見えた。

そこは牢屋《ろうや》だった。

ごつごつとした岩肌がむき出しになっているところを見るに、おそらく地下牢だ。

朝日は痛む頭を押さえながら身体を起こす。すると、忘れることはできないほどに耳にこびりついた声がこちらに飛んできた。

「やっと起きたのね」

「すみこ、さま？」

そこにいたのは澄子だった。彼女は牢屋の外で朝日のことをじっと見下ろしている。

その冷ややかな目を見て、朝日は気を失ってしまう前のことを思い出した。

スズが郵便局に寄ると言ったのは、かんざしを受け取った直後だった。どうやら嫁いでしまった娘に送るものがあるらしく、少し時間がかかるから近くで待っていて欲しいといわれ、朝日は郵便局近くのベンチでスズのことを待つことにした。

それから数分経ったあたりだろうか。朝日は、四、五歳ぐらいの男の子に話しかけられた。

『おねえちゃん、ごめんね。ちょっとお願いがあるんだけど……』

少年のお願いは、竹とんぼを取って欲しい、というものだった。少年の母親は百貨店で買い物をしており、その間、彼は一人、竹とんぼで遊んでいたらしい。しかし、遊んでいる最中に竹とんぼを高いところに引っかけてしまい、自分の身長では取れないからと、朝日にお願いをしてきたというのだ。

こんな小さな子供を一人で遊ばせる母親のことを不用心だなとは思いつつも、朝日はさほど不審には思わず少年についていった。そしてちょうど路地裏に入ったところで、少年は唐突に少し大きな声を発したのだ。『ねぇ、連れてきたよ！』と。

直後、後頭部に衝撃が走った。

殴られたと理解したのは倒れてから。見えるのは男性ものの靴だけで、誰が自分を殴ったのかは、わからなかった。朝日は声を出して助けを呼ぼうとしたのだがその前に猿轡《さるぐつわ》を噛まされ、頭から麻袋をかけられてしまう。

それでもなんとか抵抗しようとしたそのとき、スズの「朝日様!?」という叫び声が耳に飛び込んでくる。そして、再び何かを殴るような音。

スズが殴られたのだと思うのと同時に、朝日は腹を殴られた。

そうして、そのまま気を失ってしまったのである。

格子越しの澄子はこちらを見下ろしながら、どこか愉悦を含んだ声を出した。

「ねぇ、ボロ。ここ、どこかわかる？　うちの屋敷の地下なのよ。昔はここで生け贄にする子を育てていたんですって。恐ろしいわよね」

心臓がドクドクと妙な音を立てる。

この人の笑顔が、朝日は何よりも恐ろしい。

自然と震え始めた身体を抱きしめて、朝日は声を振り絞った。

「私は、なんで、またこの村に……」

「それは、貴女が生きているからでしょう？」

「え？」

「生け贄に捧げられたのに、生きているから。貴女は生きていちゃだめなのよ。生きていたらみんなが、儀式は成功したんだ、って納得しないじゃない」

納得という言葉に、朝日は違和感を覚えた。

その言い方だと、まるで澄子は『納得させる側』の人間のように聞こえる。

朝日はおそるおそる口を開いた。

「……澄子様は、儀式のことは信じていないのですか？」

「当たり前じゃない。あんなもの、時代錯誤な人間たちの戯言《たわごと》よ。なにもかも神様のせいにして、本当に馬鹿みたい。もし神様が存在するのなら律儀に生け贄を捧げていないるうちの村はもっと大きくなっていていいはずだし、そんなことをしていない隣村は滅びてもいいはずよ。でも、そんなことにはなっていないでしょう？」

「それなら――！」

「だけどほら、みんなが信じちゃっているから。仕方がないじゃない？」

澄子の切り返しに朝日は口をつぐむ。

「人が信じているものを否定するのは大変なのよ。一人、二人ならまだしも、村人全員が信じているものを覆すのは本当に大変。私一人じゃどうにもできないわ。だからもう、いいの。神様はいる、で。生け贄の儀式は必要、で。でも、一つだけ問題があってね。それは、貴女が死んでいないこと」

「どうして……」

「貴女が死ななかったら、次は私が死ななきゃいけないからよ」

澄子の言葉に、朝日は二の句が継げなくなる。彼女は淡々と、悲壮感などまるで感じさせることなく、むしろ口元に笑みをたたえたまま言葉を続けた。

「お父様は貴女に『次は岡田の子だ』みたいなことを言ったようだけれど、一応生け贄になる人間にも決まりがあるのよ」

「決まり？」

「十六歳から十八歳までの、純潔の乙女。そして、決まりに合う人間は村で二人しかいない」

「私と、澄子様？」

「察しが良いじゃない。だから、お父様とお母様は、貴女の両親を殺したのよ」

「え!?」

「ああ、お父様から聞いていないのね」

「どういう、こと、ですか？」

指先が、声が、震える。

「どういうこともなにも、さっき言った通りよ。私を守るために、両親はたまたまうちの村に立ち寄った貴女の両親を殺したの。貴女を生け贄にするためにね。もちろん直接手をかけたのはほかの人間よ。お父様とお母様は指示しただけ」

澄子の言葉が入ってこない。両親が死んでいた事実もそうだが、それ以上に殺されたという言葉の衝撃が強すぎて、なにも飲み込めない。

「当時のことは、なんとなく覚えているわ。私も八歳だったから、詳細までは覚えていないけれど。お父様もお母様も貴女たちが来て、とても喜んでいたわ。だって、私の身代わりが見つかったんですもの。反対に村人たちは自分たちが今からなにをやらされるかわかっていたみたいで、どこかピリピリとしていた。もちろん表立って文句を言う人はいなかったけれどね」

澄子はその場でしゃがみ込み、朝日と視線を合わせた。

引き上がった口角がなにを考えているかわからない。

「でも、良かったわね。両親の記憶が無くなっていて。記憶があったら貴女、ずっとここで飼い殺しにされていたわよ。だって、貴女が記憶をなくしたのって、目の前で両親が殺されたからだものね」

そのとき、頭の中に銃声がとどろき、瞬きをしたまぶたの裏に血が散った。

足下には血を流して重なりあう両親の幻が見えて、朝日は思わず悲鳴を上げた。

そんな朝日を気にすることなく、澄子は話を続けた。

「私だってね、最初は貴女のことをかわいそうだと思っていたのよ。私のせいで両親が殺されて、その上で十年後には死ぬ運命。これをかわいそうだと言わずしてなんと言うのかしら。でもそんな思いも長くは続かなかったわ」

「なん――」

「結局ね、みんな、うちのことがあまり好きじゃないのよ。それはそうよね。お父様とお母様は、この村では絶大な権力をもっているもの。それこそ、自分たちのために人を殺させてしまうぐらいの権力はもっていた。それに反感を覚える人間がいても不思議じゃないわ。まあ要するにね。自分で苦労することなく身代わりを立てた私がずるいって話よ。他の家の子供だったら容赦なく生け贄に出せと言うくせに、自分の子供の番になったら身代わりを用意するんですもの。それは反感を買うわよね」

そこで澄子は声色を変える。

「『澄子様が生け贄になれば良かったのにね』『あんなかわいい子が、かわいそうだわ』」

「え？」

「他にもたくさん、そんな言葉を聞いたわ。まあ、表立って言う人はいないけれどね。でもみんな裏ではそんなことばっかり。かわいそうなのは私も一緒なのにね。こんな田舎の村に生まれたばかりに、生け贄なんかの候補になって。なのに、みんなみんな貴女ばっかり！　貴女ばかり同情されるの！　私はこの村に生まれたから、仕方がないって。そんなことあるはずないのに。しかも、貴女って顔がかわいいから殊更かわいそうに映るんでしょうね」

澄子は「徹さんも結局、貴女のことばかりだったし」と何かを諦めたように笑う。

「まあ、そういったことがあって、私はもう貴女をかわいそうだと思うことはやめたの。かわりに人形だと思うことにしたわ。私の身代わりの人形。人形だからどれだけ手荒く扱ってもいいし、どれだけ鬱憤のはけ口にしてもいい」

そのときの澄子の笑みは、晴れやかだった。

「貴女のおかげで私は死なくてすむし、心は軽くなったわ。ありがとうね、ボロ」

「私は——」

「澄子様、準備が整いました」

まるで見ていたような頃合いで、村人がそう澄子に声をかけた。

澄子はそんな彼に「わかったわ」と答えて、こちらに微笑みを向ける。

「良かったわね。死ぬ前に真実が知れて」

そう言った澄子の顔は恐ろしいまでに楽しそうだった。

以前と同じように白無垢姿で崖まで行くと、舞台はもうすでに整っていた。場を満たす、宮司の祝詞。時折聞こえる、和太鼓の轟《とどろ》きと鈴の音色。儀式を見守る村人たちは皆ろうそくを持ち、左右に並んだ篝火が朝日のこれから行く先を示している。

崖下の鋭い岩場と、どこまでも広がる木々の海。

前回と違うのは、両手首を前で括《くく》られていることと、時間帯だけだった。今日はまだ太陽は沈んでいない。もうほとんど姿を隠してしまっているけれど、頭だけは覗いている。きっと、崖下に落ちた朝日の死体を村人たちの目で確認するためにこの時間帯を選んだのだろう。

朝日は、それらをじっと見つめていた。

(結局、遠回りをして、ここに戻ってきただけだったわね)

だけどその遠回りが愛おしかった。

あの二ヶ月が、朝日の人生の全てだと言っても過言ではなかった。

あんな風に傷つけられてもなお、朝日は白夜に出会えて良かったと思っていた。

（皆さんに出会えて良かった）

――だから、

「ほら、さっさと行きなさいよ！」

焦れたように澄子が朝日の背中を押す。

瞬間、朝日は勢いよく振り返った。

同時に澄子の腕がぴぃっと裂け、眼前に血が飛ぶ。

「はぁ!?」

朝日は手にかんざしを持っていた。

母が、父が、自分へと贈ってくれた銀のかんざし。

白無垢に着替える際に、朝日はそれをそっと袖の中に隠していたのだ。

「アンタ、何するのよ！」

「私は死なない！」

「ボロッ！」

「こんなところで、貴女たちのためになんか、死んでやらない！」

朝日はかんざしを振り回す。自分のことを取り押さえようとした村人の手や腕に朝日はそれで傷をつけていく。

今まで朝日は、自らすすんで誰かを傷つけようと思ったことはない。それは、傷が痛いことを知っているから。身体についた傷は身体だけではなく、心にまで残り続けることをわかっているから。

でも今は、生きたいという欲望が、それらを上回っていた。

生きたかった。きっとここで死んでしまうってわかっているけれど。

もう一度だけ、会いたかった。きっと、貴方に殺されてしまうということはわかっているけれど。

（どうせ死ぬなら――）

貴方に殺されるのがいい。

名前をくれた貴方に。心を救ってくれた貴方に。温かさを教えてくれた貴方に。

それで、貴方が少しでも救われるのなら――

しかし、そんな思いも虚《むな》しく、朝日は取り押さえられてしまう。地面に頭を押しつけられ、彼女はあらん限りの力で叫んだ。

「ああああぁぁああぁ！」

でも、もう無理だった。やっぱり全部全部無理だった。

どれだけ抵抗しても、身体をねじっても、力ではどうにもならない。

「観念しろ！　ボロ！」

「お前は少しぐらい村に恩返しをしようとは思わないのか！」

「お願いだから、飛び降りて！　そうじゃないと、村が――」

誰も、私のために泣いてくれないくせに
誰も、私の命を惜しんでくれないくせに
誰も、私に優しくしてくれないくせに
（それならせめて、私は私に優しくしてくれた人のために死にたい）

目を閉じればいつだって、まぶたの裏には揺れる白銀がある。優しく細められた水色の瞳はビー玉のように綺麗で、頭の中の彼はいつだって穏やかに微笑んでいる。

『朝日』

「朝日！」

声が重なった。

突然聞こえてきた声に朝日が顔を上げると、そこには、夢にまで見た彼がいる。

「白夜、さま……？」

見間違いかと思った。幻だと思った。けれど、肩で息をしている彼は夢でも幻でもなくて、涙が、出そうになってしまった。

白夜は地面に押さえつけられている朝日を目に止め、息をのむ。

招かれざる客に、その場にいた村人たちは一瞬怯んだが、澄子の怒声が彼らを突き動かした。

「誰よ、アンタ！」

「お前、村の人間じゃないな！」

「村の人間じゃないなら口封じしとかねぇと」

村人は白夜にじりじりとにじり寄っていく。朝日は声の限り叫んだ。

「白夜様！」

「お前たちは……」

白夜の気配が揺らめいた。よく見れば彼の手の甲には白い鱗のようなものが見え隠れする。鋭く磨かれた犬歯は、もう人のものではなかった。

（そうか、今晩は——）

「お前たちは、誰に手を出しているかわかっているのか！」

それは正しく咆哮だった。

瞬間、爆弾のような巨大な風が駆け抜けて、その場にいる全員が目を閉じた。

わずかに覗いていた太陽の頭が山々の間に消えていく。

次に目を開けたときには——

「うわあぁぁあぁ！」

「蛇神様だ！」

「逃げろ！」

白夜は巨大な白蛇の姿になっていた。

その場にいた村人は一斉に逃げ出す。それでも逃げない朝日を押さえている人たちを、白夜は巨大な尾を一なぎして蹴散らした。そのままの勢いで白夜が地面を叩くと、地面が割れ、崖から一人の村人が落ちかける。

「うわあぁぁ！　たすけてくれぇ！」

「白夜様！」

朝日は、慌てた様子で立ち上がり、急いで白夜に駆け寄った。そして、彼にぶつかるようにして身体を寄せた。すると、そこで冷静さが戻ったのか、白夜の身体の動きが止まる。白夜は太くて長い尾を朝日の身体に優しく巻き付けた。

――まるで抱きしめるように。

『朝日、怪我は？』

「大丈夫です」

『痛いところは？』

「ありません」

白夜は朝日の手首を縛っていた縄を牙を使って器用に断ち切り、腹部に自身の鼻先を押しつけた。朝日もそんな白夜の顔をぎゅっと抱きしめる。

「白夜様、助けに来て、くださったんですか？」

『ああ』

「どうして――」

白夜の中で、朝日は死んでも良い人間のはずだ。むしろ殺したいほどに憎んでいる存在である。なのに、どうしてこんな危険を冒してまで助けに来てくれたのだろうか。

こんな風に優しくされたら、大切にされているのではないかと勘違いしてしまう。

『悪かった』

朝日は白夜の眉間に埋めていた顔を上げる。

『悪かった。全部嘘だなんて、嘘だ。確かに最初は、君を殺すために近づいた。だけど、一緒にいるうちに、だんだんとどうでもよくなっていった。あんなに恨んでいたはずなのに、殺したいと願っていたはずなのに、君を殺せば呪いだって解けるはずだったのに』

「白夜様……」

『君が笑うたびに嬉しくなった。楽しそうな顔をするたびにこちらまで楽しくなった。泣いている顔を見るたびに、君を傷つける人間に怒りが湧いて。君が誰にも怒らないことに、こちらが泣きそうになった。大蛇だってきっとそうだったんだ。拗《す》ねていたんだ。宵子が裏切ったことが、悲しくて、辛くて。確かに恨む気持ちはあったけれど、それ以上に、きっと俺たちは君たちのそばにいたかった』

白夜の頬と朝日の頬が優しく触れあう。

『朝日、俺が悪かった。謝るから、どこにも行かないでくれ。捨てないでくれ』

「なんで、私が捨てるって話になるんですか。最初に捨てないと言ってくださったのは、白夜様でしょう？」

朝日は白夜の大きな顔を持って、互いの鼻先を近づけた。

前が霞んでいるのは、きっと涙のせいだ。

「私、ずっとずっと、殺されるなら、貴方が良いと思っていたんです。それが一時でも穏やかな日常をくれた貴方への恩返しだと思っていたから。だけど、違った。いいえ、わかったんです。私は最期の瞬間まで貴方のそばにいたかった。だから、貴方に殺されたかった」

水色の大きな瞳に自分が映っている。

たったそれだけのことなのに、朝日はその事実にこれ以上ない喜びを感じた。

「ねぇ、白夜様。もう少しだけ、そばにいてもいいですか？」

『ああ。……共にいよう』

二人は互いに抱きしめ合う。金木犀《きんもくせい》を思わせるような白夜の甘い香りに、朝日の胸は温かいもので満たされていく心地がした。

そんな二人の空気に、それらは唐突に割って入ってきた。

「こっちだ！」

「武器は持ったか!?」

「鍬《くわ》でも竹槍《たけやり》でも何でも良い！　とにかく集めてこい！」

そんな声が口々に聞こえて、朝日と白夜は森の方を向く。すると、そこには先ほど逃げたはずの村人が手にそれぞれ武器を携えて立っていた。彼らの目は血走っており、ある種の覚悟を決めているように見える。

「あれは蛇神様なんかじゃねぇ！　獣だ！　妖怪だ！」

「村を守るためには、退治しなきゃなんねぇ」

「うわあああぁぁ！」

鎌を持って一人の村人が飛び出してくる。それを白夜は尾でなぎ払った。

村人の身体はいとも簡単に吹っ飛び、近くの木に背中を打ち付ける。

それが開戦の合図だった。

「怯むな！　行け！」

「ボロも殺せ！　あいつが村にあんな獣を連れてきたんだ！」

村人はそう互いに声をかけ合いながら、束になって襲いかかってくる。しかし、彼らがこちらにたどり着く前に、白夜は彼らに飛びかかった。大きく口を開けて二、三人咥《くわ》えると、そのまま首を振って彼らを遠くに飛ばす。

「うわあぁぁ」「逃げるな！」「俺たちが村を守らないでどうする！」

「白夜様」

『君は俺の後ろに隠れていろ』

白夜の二つに分かれた舌先がちろちろと出たり入ったりする。

そのときだった。草木の陰に隠れていたのだろう村人が、急に死角から飛び出してくる。手には鎌。その切っ先はまっすぐに朝日に向かっていた。

「きゃっ」

『くっ――』

何かが裂ける音がして、びちちちち、と足下に何かが散った。その後、男性の悲鳴と、何かを振り払うような大きな風切り音。

いつの間にか閉じていた目を開けると、足下に血が散っていた。周りを見れば、襲いかかってきた村人はいなくなっており、白夜の身体に深々と鎌が突き刺さっている。

「白夜様！」

『大丈夫だ。こんなものはただのかすり傷だ』

白夜はそう言うが、その声はどこか苦しそうだ。血も一向に収まることなく、白夜の白い身体から次々と流れ出ている。

白夜は身体をうねらせるようにして鎌を抜く。それでいっそう血の量は増えた。

「白夜様！」

「効いているぞ！」

「もっといけ！」

「妖怪退治だ！」

「やめて！　やめて！　お願いだから、やめてください！」

動きがわずかに鈍った白夜の隙を突くようにして、人々が襲いかかってくる。

白夜も応戦するのだが、動きに先ほどのような精彩はなかった。さらに問題なのは、白夜が朝日を庇《かば》いながら戦っていることだった。白夜だけならば、簡単に場を納めることもできただろうし、逃げおおせてもいただろう。

朝日は完全に足手まといだった。

白夜の身体には、見るからに生傷が増えていく。

「白夜様！」

『……大丈夫だ』

弱々しくなっていく声に、朝日は泣きそうになる。

なにもできない自分が腹立たしくて仕方がない。

そんなとき、視界の端で何かが動いた。顔を向けると誰かがこちらに長い筒のようなものを向けている。

それが猟銃だと気がついた瞬間、朝日の身体は自然と動いた。

「やめてっ！」

朝日が両手を広げて射線上に飛び出すのと、銃声が轟いたのは同時だった。

瞬きの間に胸に穴が空き、朝日はその場に頽《くずお》れた。

『朝日っ！』

白夜は朝日に視線を向けた後、すぐさま銃を撃ってきた村人をなぎ倒した。

村人と一緒に飛ばされた銃は衝撃で銃身が曲がり、使い物にならなくなってしまう。

そのままの勢いで、白夜は自分たちを囲っていた人間たちを一掃して、朝日に素早く滑り寄った。

『朝日！　朝日！』

「びゃく、や、さま」

もう呼吸するのだって辛かった。

胸から血があふれて、指先の感覚が一秒ごとに消えていく。

朝日は自分の足下に死の影が寄ってきているのを確かに感じた。

それでも朝日は、満足していた。白夜のことを守れた。その事実だけで、この生に悔いがないと思えてしまう。それに自分が死ねば、ここからいなくなれば、白夜は無事にあの優しい場所に帰れるだろう。

（本当は、二人で戻りたかったけれど）

叶わないのならば、白夜だけでも戻れて良かったと思うべきだ。

白夜が朝日の身体を優しく抱きしめる。何度も自分の名前を呼んでくれているようだが、もうあまり耳も聞こえない。

すり寄ってきた彼の大きな顔に、朝日は手を這わせた。彼の頬に、朝日の血で濡れた手のひらがゆっくりと赤い線を描いていく。

朝日は最後の力を振り絞る。

「びゃくや、さま、の、いうとおりでしたね」

『なにがだ？』

「さいしょにあったときに、いって、くださったじゃないですか。『うんと幸せになる』って」

あのときはそれを、現実を知らない、甘いだけの、無責任な言葉だと思っていたけれど——

「わたしね、いま、すごくしあわせです」

虚勢でもなく、本当に、すごくすごく幸せだった。白夜に抱きしめられながら死ねることが、最期の瞬間に彼がそばに居てくれることが。

この上ない幸せだった。

「ちゃんと、にげて、くださ……」

朝日は最後まで言い終わることなく、そのまま意識を失った。

◆◇◆

『朝日！　朝日！　朝日！』

白夜は動かなくなってしまった朝日を揺り動かす。

身体はまだ温かいし心臓は脈打っているが、流れている血の量からいってもう助からないことは明白だった。何より、生きるために必要な臓器が、傷ついている。もう数分と持たず、彼女の心臓は動きを止めてしまうだろう。

『だめだ』

白夜は朝日の動かない身体に鼻先を押しつけた。

『だめだ、だめだ、だめだ！　なんでこんな。君が、君ばかりが――』

こんな目に遭うのだろうか。誰よりも心優しい君なのに。

ただただ幸せになりたいと、必死に生きて、笑っていただけなのに。

(君みたいな優しい人間が割を食って、俺みたいな図々しい人間ばかりが生き残って)

力が欲しかった。あんなにいらないと思っていた力が、今はどうしても欲しかった。

あの大蛇の治癒の力があれば、朝日のことが救えたかもしれないのに――。

でも、ここに如意宝珠はない。あるのは呪われたこの肉体のみ。けれど、それも今はありがたかった。だってそれは、彼女の仇が討てるということだからだ。

「怯んでるじゃない！　今よ！　殺し――」

村人に指示を送ろうとした女を吹き飛ばす。

女はそのまま木に頭をぶつけて意識を飛ばした。

『もういい。もう、獣で良い……』

こいつらを殺せるのならば、もう、獣でも妖怪でもなんでも良かった。

白夜は先ほどとは比べものにならない力で尾を振り下ろした。そのたびに木が倒れて、人が下敷きになる。あちこちから叫び声と怒号が上がった。

『誰も残さない。全員殺してやる』

「うわあああぁぁ！」

そのとき、背後で男の叫び声がした。

とっさに振り返れば、なぜか朝日の身体が発光している。

『あさ、ひ？』

彼女の輝きの中心にあるものを見て、白夜は息をのんだ。

『あれは――』

◆◇◆

——それは、いつか見た夢の続きだった。


『討伐命令!? お上の言うことはわからないからなぁ』

『さあ、お上の言うことはわからないからなぁ』

『とにかく、討伐隊はもう森の方に向かったらしいぞ?』

『でも、あの神域には私しか入れないはずじゃ——』

『それが、どうにかできるらしくてなぁ。な?』

『ああ、俺もそう聞いたな』

少女は森に走る。自分の大切な人を守るために。

それが結果的に大切な人の死に繋がってしまうとは考えずに。

『へえ、ここが神域か』

『貴方たちは!?』

『神域には、お前しか入れないと聞いていたから、村人に一芝居打ってもらったんだよ』

『そんな――』

『とにかく、お前は用済みだ』

『おいおい、殺すなよ。そいつはいざというときに使うんだからな』

『使う？』

『あの蛇はこの娘に心を開いているようだからな。人質だ』

少女はそのまま腹を殴られて失神した。

次に目覚めたときには、もう夜になっていた。

見張りの人間は誰もいない。少女は近くに投げられていた小刀で、手足を縛っていた縄を切る。そして、小刀を持ったまま、大切な人の下へ向かおうとした。

しかし、すぐに討伐隊の人間に見つかってしまう。

『おいおい、そんな物騒なもん持ってどこに行くんだ？　お前、社の巫女だろ？　刀を握ったこともないくせに……』

『私は――！』

『あ、隊長！　ここにいたんですか』

目前の男の部下だろう人間がこちらに向かって走ってくる。

『かなり抵抗されましたが、もう少しでやれそうです。もうあの大蛇、虫の息ですよ！』

『ああ、そうか。気を抜くなよ』

『わかりました！』

部下が去って行く。

少女は自分が引き起こしてしまった事態に身を震わせる。

そうして、目を離している一瞬の隙を突いて、男に斬りかかった。

『あぁぁあぁぁあぁ！』

夢中で斬りかかって、反撃で斬られて。

少女は自身が流した血と返り血で真っ赤になっていた。

いつの間にか手に持っていた刀の切っ先が、地面に擦れて、ざり、ざり、と嫌な音を立てる。

『蛇様。蛇様。ごめんなさい。本当に、ごめんなさい』

朦朧とした頭で、そう繰り返し呟く。

血を流しすぎたからか、もう視界は霞んでいるし、耳もよく聞こえない。

少女は、ようやく大蛇の下へたどり着いた。

ぐったりとしている彼の前に少女は膝をつく。

大蛇はもうすぐ死んでしまうだろう。
彼の権能である治癒も毒のせいで働いていない。
少女は持っていた刀をその場で振り上げる。
それと同時に、大蛇の瞳から光が消えた。
『ずっと一緒、ですからね』
そうして少女は、切っ先を自らの腹部に突き立てた。

——ああ、そうか。
朝日は、目を覚ましてから理解をする。
先ほど見ていた夢は、記憶だと。宵子と大蛇の大切な、思い出だと。
(宵子さんは裏切ったんじゃなかった……)
誰かの悪意によって、無理矢理関係を歪められていただけだった。
『蛇様』
自分の内側から、愛おしい人を呼ぶ声がする。
声の向かう先を見れば、そこには白夜がいた。
「白夜様」
『朝日』

自分を呼ぶその声に、全身に血が巡る心地がした。

気がつけば、朝日は光の繭のようなものに包まれて地面から浮いている。胸にあったはずの銃に撃たれた痕も、なぜかなくなっていた。

繭の中心には、手のひらに収まる大きさの、白く輝く石がある。

石の中を覗くと、金と銀の筋が内側で緩く流れているように見えた。

『そうか……そこにあったのか。十六年間。ずっとそこで、彼女を守っていたんだな』

「白夜様？」

『魂を重ねていたくなるほど好きだったんなら、最初からそう言えば良いだろう』

白夜は石に向かって語りかけているようだった。

朝日が昇る。それは、暗い夜が終わり、新しい日が始まる合図だ。

光の繭がゆっくりと解けた。

朝日の手に石だけが残り、それも身体の中に吸い込まれていく。

そして、白夜の身体も人のそれに戻っていた。

二人の間に一陣の風が吹く。

再びの強風に、二人のやりとりを呆然と見つめていた村人たちは、思わず目を瞑ってしまう。そうして次に村人たちが目を開いたときには、二人は崖の縁に立っていた。

青年は村人の方を見る。

「もう、生け贄などよこしてくれるな。私は彼女で十分だ」

「白夜様」

「朝日」

抱きしめ合った二人の身体が崖の方へと傾ぐ。

そうして、絡まり合うようにして、少女と白蛇だった青年は谷底へと落ちていくのだった。

◆◇◆

舗装のされていない田舎道を黒い車が走る。

達久の運転する車の後部座席には、寄り添う白夜と朝日の姿があった。

「どう？　あれだけの村人に一瞬で同じ幻を見せられるんだから、僕の力も結構役立つでしょ？　ついでに生け贄の儀式も繰り返さないように——って、聞いてないか」

後ろで寄り添う二人の目は固く閉ざされており、深い呼吸を繰り返している。

そんな二人をチラリと見て、達久は苦笑いを浮かべた。

「僕も眠いんだけどなぁ」

そう言いつつ彼の声は弾んでいた。

エピローグ

見上げれば紫色の雨が降っているようだった。

屋敷の端にある藤棚を、朝日は長椅子に腰掛けながら見上げる。

空と自分を隔てる藤の美しさに、彼女の唇からは感嘆の声があふれた。

「うわぁ……」

伸ばした指先が紫色の花にわずかに触れる。

そのときだった。

「白夜ってば、ホント最悪！」

朝日はその声にはっと我に返り、声のした方を見る。すると、一ヶ月ぶりに会った真央が、怒りで顔を真っ赤にして白夜に詰め寄っていた。

「私に嘘をついていたこともそうだけど、嘘をついていた理由が理由よ！　なにそれ、本気でやってたわけ!?」

「まぁまぁ、真央、もう全部終わったことだから」

頭から足の先まで怒りに染まったような真央を達久が必死に止めている。白夜は、だんまりを決め込んだまま、しかし、その場から逃げ出すようなこともせず、真央の怒りを一身に浴びていた。

あれから、村での一連の出来事は陛下の知るところとなった。どうやら十二宗家の能力はむやみやたらに使ってはいけないもののようで、また大きな能力の痕跡ならば追える能力者もいるらしく、数日もしないうちに全てが詳らかになった。

村の蛮行も、無謀な白夜の行動も、達久の大盤振る舞いも——

(私の中に巳月家の如意宝珠があることも……)

朝日は自身の胸元に手を当てる。

十六年前に消えた如意宝珠は決して誰かに盗《と》られたわけではなかった。宵子の転生を知った如意宝珠が自ら消え、そうして、生まれる直前の朝日の身体に宿ったのだという。今や如意宝珠と朝日は切っても切り離せぬもの。言うなれば朝日は、人の形をした如意宝珠……ということになるらしい。

そうして、それらの事情は十二宗家の一部の人間たちには知られることとなった。

で、結果がこれである。

「終わった後に聞かされたから怒っているのよ！　殺すためにそばに置いていたって、なによそれ！　さすがにあの子がかわいそうでしょうが！」

真央にぴっと人差し指を向けられて朝日は狼狽える。

「あの、私は……」

「貴女も貴女よ。もうちょっと怒ってもいいのよ」

「あ、はい。いやでも、結局は助けてくださいましたし……」

「そんなこと言ってるから、貴女は舐められるのよ！」

あの村での一件が明るみに出てから数日後。

『ちょっと、なんか変な噂を聞いたんだけど!?　あの子の中に如意宝珠があるって本当なの!?　というか、白夜は知っていたのよね!?』

そう電話をかけてきた真央に、白夜は隠すことなく全てを詳らかにした。

『殺すためにそばに置いていた』なんて、本当は隠してもいいことなのだが、白夜はそれをしなかった。その事実が、白夜がもうそんなことなど一切考えていない証明のようで、朝日はそのとき少しだけ嬉しくなったのを覚えている。

ちなみに、如意宝珠が輝いたときに見た宵子の記憶は、白夜にも見えていたらしい。

如意宝珠が大蛇の魂の一部だからなのかはわからないが、宵子の記憶を見たことにより、大蛇の彼女に対する恨みも消えているという。

「やっぱり改めて聞いても腹が立つ話ね！　朝日、本当にこんなやつで良いわけ!?」

「わ、私ですか!?」

突然話を振られて、朝日は視線を泳がせた。

「私は選べる立場ではありませんし。その、できればこれからもスズさんと一緒に白夜様のお世話をできたらな……とは考えていますが」

「はぁ!? なにそれ本気で言ってるの!?」

いきなり真央に怒鳴られて、朝日の身体はびくついた。

「だ、だめでしたでしょうか?」

「だめって言うか、巳月家の如意宝珠が貴女の中にあったんでしょう?」

「……はい」

「なら、巳月家は貴女を迎え入れるしかないってこと。わかる?」

「迎え入れる、ですか?」

「だから、貴女はこれからも巳月家に関わっていくの。というか、この流れだと、白夜と結婚するのが一番自然な流れなわけ」

「え?」

「貴女。もしかして本当に、まだお手伝いさんを続ける気でいたわけ?」

真央の信じられないと言いたげな声色に、朝日の表情は強ばる。

「というかさ、この場合、『朝日ちゃんが巳月家の当主と結婚しなくっちゃいけない』って話じゃなくて『朝日ちゃんが結婚した人が巳月家の当主』ってことだから、別に白夜を選ばなくてもいいんだよね。もちろん巳月家の縁者を選んだ方が良いけど、白夜には弟もいるから、そっちにしても良いわけだし！」

「え？　白夜様、弟さんがおられるんですか？」

「……まあ、そうだな」

難しい話と自分に都合が悪い話をいろいろすっ飛ばして、朝日は『弟』という単語だけに反応した。そのせいだからだろうか白夜の表情が少しだけ曇る。

「わぁ！　いつかお会いしたいです！」

「……」

朝日の言葉に、白夜の顔色ははっきりと変化した。苦いものでも食べた後のような表情に朝日は首をひねる。そんな白夜の表情の説明をしてくれたのは、達久だった。

「ねぇ、朝日ちゃん。『お会いしたい』って、そういうこと？」

「そういうこと？」

「白夜から乗り換えるって――」

「ち、違います！　そういうわけじゃなくて！」

朝日は単純に、白夜に弟がいるのならば会ってみたいと思っただけなのだ。そこにそれ以上の意味はないし、『乗り換える』なんて言われたって、そもそも朝日と白夜はそういう関係ではない。なのに……

「朝日、俺ではだめなのか？」

そう問われ、朝日は固まってしまう。白夜の感情の乏しい顔は達久の軽口に乗っているだけなのか、それとも本気で言っているのかが判断つかないから厄介だ。

「そ、そもそも、結婚だなんて考えたことがなくてですね。だから、その……」

「その？」

「と、とにかく、無理です！　白夜様との結婚だなんて畏れ多くてできません！」

白夜のそばにいたいとは思っていたが、朝日が想像していたのは、そういった形の『そばにいる』ではない。もちろん嫌というわけではないのだが、そんな夢物語でも想像ができなかったこと、現実になんて考えられない。もう少しだけ時間が欲しい。

はっきりと拒絶を示された白夜は、その場でぴしりと固まってしまっていた。

「皆さん、お茶が入りましたよ」

柔らかい声に振り返ると、お茶を乗せた盆を持つスズが縁側に立っていた。

朝日はまるで逃げるように「手伝います！」と声を上げてスズの下へ駆けていく。

視界の端で、達久が白夜の肩に手を回した。

「だってさ。残念だったね、白夜」

「……まあ、気長に待つ」

二人の会話が耳を掠めて、朝日は頬を赤らめた。そんな風に言ってもらえることは嬉しいし、白夜への気持ちが変わったわけではない。

（でも、今はもう少しだけ――）

朝日はこの穏やかな日常を胸いっぱいに吸い込んでいたかった。

風が吹いて、紫色の花がはらはらと落ちてくる。

朝日は藤棚を見上げた。いつの間にか隣には白夜がいる。

「まるで、紫色の雨だな」

「そうですね」

「綺麗だな」

「はい」

この人の隣にいる幸せだけで、今は胸がいっぱいだ。


――本書のプロフィール――

本書は書き下ろしです。

小学館文庫

白《しろ》蛇《へび》の華《か》燭《しょく》

ごめんなさい、好《す》きになってしまいました。

著者　桜川《さくらかわ》ヒロ

二〇二五年三月十一日　初版第一刷発行

発行人　庄野　樹
発行所　株式会社　小学館
〒一〇一-八〇〇一
東京都千代田区一ツ橋二-三-一
電話　編集〇三-三二三〇-五六一六
販売〇三-五二八一-三五五五
印刷所――TOPPAN株式会社

この文庫の詳しい内容はインターネットで24時間ご覧になれます。
小学館公式ホームページ　https://www.shogakukan.co.jp

ISBN978-4-09-407439-0